www.tredition.de

AF216900

Helmut Goedicke

Minigolf für vier Personen

www.tredition.de

© 2018 Helmut Goedicke

Verlag und Druck: tredition GmbH, Halenreie 40 – 44
22359 Hamburg

ISBN
Paperback: 978-3-7439-8146-1

Für alle, die noch fest daran glauben, dass sich aus einer Urlaubsbekanntschaft eine Freundschaft entwickeln könnte.

Mein Dank gilt Waltraut für die Idee zu diesem Buch und

Petra, die die zahlreichen Fehler in meinem Manuskript entdeckt hat.

Rezeptur

Du benötigst dazu: Eine gepflegte Minigolfbahn,

wenigstens zwei Schläger,

möglichst 4 verschiedene Bälle,

4 Minigolfkarten mit Schreibunterlage
und Stift,

schönes Wetter ist hilfreich, aber nicht
unbedingt nötig

und gute Laune, möglichst über die
Bahn 18 hinaus.

Dauer der Zubereitung: etwa 1,5 bis 3 Stunden, in Sonder-
fällen wesentlich kürzer.

Vorbemerkung

Es gibt Tage, da hat man alle benötigten Zutaten zur Hand. Dann sollte man auch nicht lange überlegen. Ein Anruf genügt, und schon trifft man sich wenig später mit guten Freunden zum Spiel. Ja, Minigolf zu spielen macht Spaß, auch, wenn der eine oder andere Schlag mal daneben geht. Was macht das schon? Dann schlägt man halt nochmal oder eben ein weiteres Mal. Da fällt mir übrigens ein, dass ich oben eine wichtige Zutat vergessen habe: Geduld! Es gibt drei, vier, fünf, sechs Bahnen, bei denen Geduld gefragt ist. Meine liebe Frau meint sogar, es seien derer 14, was ich selbst jedoch nicht bestätigen kann. Dummerweise sind es aber nicht immer dieselben Bahnen, die die Geduld auf die Probe stellen. Dann könnte man sich ja darauf einstellen und eine entsprechende Zeit vorher eine geeignete Pille einnehmen. Nein, nein, nein, das war nur Spaß! Wer wird denn bei Minigolf mit guten Freunden an Doping denken... Das wollen wir doch gerne denjenigen überlassen, die nicht in der Lage sind, den eigenen Ansprüchen gerecht zu werden. Minigolf ist doch erstens nur ein Spiel und zweitens eine wunderbare Möglichkeit, mit guten Freunden gemeinsame Zeit, und zwar eine schöne Zeit zu verbringen. Obwohl: Die Aussage, etwas sei doch nur ein Spiel, nicht für alle Charaktere und erst recht nicht für alle Kreaturen in gleicher Weise gültig ist. Als ich noch im Tiergarten gejoggt habe, musste ich mir den Spruch: „Der macht nichts, der will nur spielen", oft, eigentlich viel zu oft anhören, und zwar von Leuten, die sich einen Dreck darum scherten, dass im Park Leinenzwang gilt. Hätten sie wenigstens Gewalt über ihre Hunde gehabt.... Aber ich will das jetzt hier nicht vertiefen. Zu diesem Thema sollte ich doch lieber ein eigenes, dreibändiges Werk schreiben. Ich wollte nur bemerken, dass Minigolf ein Spiel ist. Aber wie gesagt: nicht für alle, genau so wenig, wie alle Hunde nur spielen wollen. Ich hoffe, du kannst die Analogie akzeptieren. Wenn nicht, will ich meinerseits gerne akzeptieren, dass du diese Analogie nicht akzeptieren kannst. Warum denn auch jetzt schon streiten?

Die Teilnehmer

Wir lernten uns im vergangenen Jahr in Bad Lauterberg kennen, auf dem Minigolfplatz, wo denn sonst. Sie spielten zwei Bahnen vor uns. Ein richtig nettes Ehepaar, Horst und Christine, sonst hätten wir, besser gesagt ich, sie gar nicht erst angesprochen. Wenn du jetzt annehmen solltest, ich würde so mir nichts dir nichts wildfremde Leute anquatschen, nur weil sie nett sind, so irrst du dich gewaltig. Ich bin ein eher zurückhaltender Typ und habe mir damals lange überlegt, ob ich etwas sagen soll oder nicht. Immerhin war ich ja nicht alleine, und man weiß ja nie, wie wildfremde Menschen auf eine Einmischung in ihr Spiel reagieren. Ich konnte es aber einfach nicht länger mit ansehen, und weggucken konnte ich auch nicht, dazu haben sich beide zu ungeschickt angestellt.

Horst war mir jedenfalls für meine Tipps dankbar und hat, ich habe ihn aus dem Augenwinkel heimlich beobachtet, den einen oder anderen auch gleich versucht umzusetzen. Bestimmt hast du auch schon mal Minigolf gespielt und weißt, worauf es dabei ankommt. Es sind nicht die Punkte, die du von Bahn zu Bahn notierst. Es ist die Harmonie zwischen Spieler, Schläger und Bahn, auf die es ankommt. Wenn dir diese Harmonie gelingt, gelingen dir auch die schwierigsten Schläge. Nicht immer, aber immer öfter. Das befriedigt und mit den Punkten klappt es dann auch viel besser. Merkst du übrigens, wie sehr Werbeslogans sich im Unterbewusstsein einnisten können? Das ist schon übel! Besser hätte ich das jedoch jetzt nicht sagen können. Also lasse ich die Formulierung so, wie sie spontan entstanden ist.

An der 13. Bahn haben wir Horst und Christine nach längerem Überlegen überholt. Ja, wir wissen schon, dass die Spielregeln dies eigentlich nicht erlauben, aber wir wollten vermeiden, dass sich die beiden von uns unter Druck gesetzt fühlten. Wir spielten unsere Runde zu Ende und genehmigten uns zur Belohnung für unser gutes Spiel ein Eis. Nebenbei gesagt, hätten wir uns dieses Eis auch gegönnt, wenn wir weniger gut gespielt hätten. So konnten wir die beiden beobachten, wie sie an der 18. Bahn, dem „Blitz", versucht haben, das Hindernis zu überwinden. Horsts Ball kam immer wieder zurück, weil er offensichtlich das für diese Bahn hilfreiche ´Erste Reflexionsgesetz´ nicht kannte, es ignorierte oder nicht auf die Idee kam, es könnte bei dieser Bahn eine Rolle spielen. Ein Beispiel dafür, dass man in der Schule manchmal auch wichtige Inhalte für das spätere Leben erlernen kann. Aber sage das ´mal einem Schüler... Dass er den Ball auch von der oberen Spitze des Abschlagfeldes hätte gerade durchspielen können, ist ihm nicht aufgefallen. Horst kassierte prompt seinen Strafpunkt. Nun versuchte Christine mit derselben hoffnungslosen Strategie, den Ball in die Nähe des Loches zu bringen.

Vergeblich, immer wieder kam der Ball von der Bande zurück. Es könnte ihr dritter oder sogar vierter Schlag gewesen sein, als ich glaubte, einen hilfesuchenden Blick von Christine bemerkt zu haben. Ich habe später noch oft darüber nachgedacht und bin der Überzeugung, dass dieser jetzt folgende Augenblick dazu geführt hat, dass wir vier uns nach unserem Harzurlaub immer mal wieder getroffen haben. Ich bat meine Frau mein Eis zu halten. Der „Blitz" ist nicht schwierig, wenn man weiß, wie man ihn spielen muss. Ich gab Christine die erforderlichen Tipps und sie brauchte tatsächlich nur zwei weitere Schläge um einzulochen. Sie hat sich gefreut und ich auch. Auf Horst habe ich in diesem Moment nicht geachtet.

So begann unsere Bekanntschaft. Wir verabredeten uns spontan für den nächsten Tag zu einer gemeinsamen Partie. Das Paar, das die meisten Schläge benötigt, lädt das andere zum Essen ein. Es war Horsts Idee, nicht unsere. Ein sehr guter Vorschlag, wie wir fanden und akzeptierten den Deal. Du kannst dir denken warum: Wann kommt man schon einmal zu einer solchen Einladung, waren wir uns doch absolut sicher, die Eingeladenen zu sein. Jetzt aber nichts Falsches denken! Wir haben es nicht nötig, zum Essen eingeladen zu werden, aber wenn Horst das unbedingt will…

Meine Frau aß Rippchen mit Pommes und Krautsalat, ich erfreute mich an einem Pfeffersteak mit Bohnen und Kroketten. Lecker! Beide hatten ihr Ergebnis vom Vortag um fast 20 Punkte verbessert. Sie konnten uns, meine Angelika und mich, trotz dieser Steigerung jedoch nicht gefährden. Es war ein harmonischer Abend und es wurde auch recht spät. Aber was soll´s? Solche Abende gibt es doch viel zu selten.

Horst war damals bereits seit zwei Jahren im Vorruhestand und wider Erwarten sechs Jahre jünger als ich. Es war kein freiwilliger Ruhestand, wie er uns erzählte, vielmehr hat man ihn sehr gerne und mit einer ordentlichen Abfindung in Rente geschickt, offenbar froh, ihn endlich los zu sein. Aus Andeutungen seinerseits konnten wir entnehmen, dass er seiner Bank durch falsche Kundenberatung einen erheblichen Schaden zugefügt hatte. Dass er gleichzeitig auch zahlreiche Bankkunden um sehr viel Geld gebracht hatte, spielte, so seine Darstellung, für seinen Abgang keine Rolle. Ich glaube ehrlich gesagt nicht, dass er Gelder für sich beiseite geschafft hat. Nein, das glaube ich nicht. Aber wissen kann man es ja nie. Er kam, wie ich übrigens auch, aus der „alten" Bundesrepublik und lebt seit einigen Jahrzehnten ebenfalls in Berlin. Im Gegensatz zu mir hat er sich damals vor der Einberufung zur Bundeswehr nach Berlin abgesetzt und ist, abermals im Gegensatz zu mir, mit offenen Armen empfangen worden: Wohnung, Umzugskosten, Fahrkosten und nicht zuletzt eine Ausbildungsstelle bei einer Bank in Charlottenburg waren seine Willkommensgeschenke. Ich sehe mich noch heute vor dem Schreibtisch im Neuköllner Arbeitsamt sitzen, unfähig, auch nur einen Ton herauszubringen. Ich hatte den Willkommensbrief des Berliner Senats vorgelegt, in dem mir versichert wurde, dass Berlin sich auf mich freut und dass ich meine Umzugs- und Fahrkosten ersetzt bekomme. Ich rechnete fest damit, auch einige Stellengebote zu erhalten, um mich vorzustellen, immerhin war ich ja auf dem Arbeitsamt. „Was sind Sie denn von Beruf?" Ich, stolz, eine Ausbildung vorweisen zu können: „Ich habe in Saarbrücken Fotograf gelernt." Im täglichen Leben, für seine Freunde, wenn er welche hatte, und als Familienvater mag er ein großartiger Mensch gewesen sein, aber als Sachbearbeiter für Neuankömmlinge und Arbeitssuchende war er eine Katastrophe. „Ach, ach", er hob beide Arme bis über Schulterhöhe und sah mir regelrecht erschrocken in meine sprachlosen Augen, „damit können wir hier die Straße pflastern!" Es muss wohl eine Ausprägung des „Berliner Humors" gewesen sein, der nur selten zum spontanen Lachen anregt. So war es auch bei mir. Heute wüsste ich, was ich ihm hätte entgegnen sollen, aber damals…

Aber Schwamm drüber! Ich verdanke der Stadt Berlin einiges und nicht zuletzt auch meine Angelika, deretwegen ich ja hier, in der „Frontstadt der Freien Welt", gelandet bin. Und ich habe erlebt und erlebe es noch heute, dass es ganz wunderbare Menschen in Berlin gibt, übrigens nicht nur im ehemaligen Westberlin.

Christine war seit ihrem abgebrochenen Lehrerstudium Hausfrau und Mutter. Die beiden Kinder sind, wie sie sagte, aber längst aus dem Haus, einer ist erfolgreicher Investment-Banker, er wandelt vermutlich auf den Spuren seines Vaters, der jüngere Sohn hat den Sprung in die Fußball-Bundesliga nicht geschafft und ist „zur Zeit", so muss man das ja formulieren, Trainer einer Regionalligamannschaft in Bayern. Man sieht: Es gibt neben den bereits bekannten Genen, die den Menschen formen, auch das „Zocker-Gen", das sich bei Dominanz sogar im Phänotyp zeigt. Die beiden Söhne haben es geerbt und leben es konsequent aus. Aber: Ist das Leben nicht überhaupt Glücksache. Alleine schon, wenn man an den unwahrscheinlichen Fall der Befruchtung denkt und nicht weniger, wenn man die Tausende von Situationen des sich hieran anschließenden Lebens an seinem geistigen Auge vorüberziehen lässt....

Und schon sind wir wieder beim Minigolf! Böse Zungen stellen es mit Nordic Walking in eine Ecke. Es sei auch eine Sportart für Minderbemittelte. Die einen könnten sich die Skiausrüstung und erst recht nicht den teuren Aufenthalt in einem Wintersportort leisten, die anderen hätten vielleicht das Geld, sich eine Golfausrüstung zu leisten, nicht aber die viel zu hohen jährlichen Vereinsbeiträge und auf gar keinen Fall die Aufnahmegebühr in den elitären Club. Ich will es, ehrlich gesagt, gar nicht wissen, ich stelle hier nur die Frage: Haben Golfclubs eigentlich den steuerlichen Status der Gemeinnützigkeit?

Nicht dass wir uns missverstehen. Ich habe nichts gegen Golf, Golfspieler und Golfplätze. Ich plädiere lediglich für ein Fairplay den Minigolfern gegenüber. Es gibt doch eigentlich nur einen einzigen großen Unterschied zwischen Golf und Minigolf: Bei letzterem müssen nicht so weite Wege zurückgelegt werden. Obwohl, wenn der Ball immer wieder über den „Vulkan" oder über die „Tulpe" hinausspringt und die Bahn verlässt, muss man auch beim Minigolf einige Strecken zurücklegen. Eine ganz schwierige Bahn ist in diesem Zusammenhang das „Netz". Zumindest bei diesen Bahnen muss man den Ball, wenn man nicht mit einem Schlag einlocht, immer wieder auf den Abschlagpunkt legen. Das kann einem gewaltig auf die Nerven gehen. Und plötzlich haben Golf und Minigolf doch etwas Gemeinsames: Geduld üben, Selbstdisziplin wahren und

Freude behalten. Ich bin richtig froh, diese Gemeinsamkeiten schließlich doch noch herausgestellt zu haben.

Noch ein Wort zu Christine. Sie lebt vermutlich seit Jahrzehnten in einem Zwiespalt. Zum Glück für sie und für ihren Horst hat ihr Äußeres darunter nicht gelitten. Das möchte ich doch noch bemerkt haben. Sie hätte gerne Geschichte oder Wirtschafts- und Sozialkunde unterrichtet. Das hat sie mir gegenüber bei unserem ersten Treffen bei sich zu Hause erwähnt. Ein wirklich schönes Haus. Hier fehlt es an nichts. Obwohl: Meine Angelika und ich haben auch alles, was wir brauchen, ja eigentlich könnte man sagen, wir brauchen gar nicht alles, was wir haben. Aber bei Horst und Christine haben wir echt gestaunt, was man noch so alles haben kann. Ob du willst oder nicht, sofort stellst du dir die Frage, was hast du falsch gemacht in deinem Leben? Wenn das hier der Standard für heutiges Wohnen ist, dann hast du, also ich, alles falsch gemacht. Alles! Keine Frage! Sind wir dann zurück in unserer Zweieinhalb-Zimmer-Wohnung, brauchen wir aber nicht sehr lange, um uns wieder sehr wohl zu fühlen.

Doch zurück zu Christines Zwiespalt, von dem sie vielleicht gar nichts weiß. Ich unterhalte mich ungern über Politik, bin auch ein weitgehend unpolitischer Mensch, wenn man das überhaupt sein kann, wird doch das gesamte Leben durch politische Entscheidungen und nicht minder durch Fehlentscheidungen bestimmt. Christine mag Sahra Wagenknecht, die Ikone der Linkspartei. Sie sei die Einzige, die die Verhältnisse in unserer Gesellschaft richtig analysiere, beschreibe und daraus die richtigen Forderungen ableite. Ich habe kräftig geschluckt und zur Tarnung meiner Verblüffung über diese Aussage ganz schnell zweimal künstlich in mein Taschentuch geniest, um Zeit zu gewinnen. Ich hatte aber gar keine Idee, etwas Sinnvolles dazu zu sagen. Ich habe mich nur gefragt, wie es ihr wohl gelingt, diesen Lebensstil mit ihrer Einstellung zu vereinbaren. Ich habe mich gefragt, wie heftig die Kämpfe gewesen sein mögen, wenn der Banker nach Haus zu ´seiner Linken´ kam. Ich habe mich sogar gefragt, warum diese Ehe nicht längst geschieden ist, spätestens nach seinem unehrenhaften Abgang in den Ruhestand. Das wäre ein abendfüllender Stoff gewesen, sage ich dir, aber ich habe nach meinen Nieserchen nur gesagt: „Ich weiß noch nicht, wen ich wähle", und zwar so, dass man erkennen konnte, dass ich mich gerne über etwas ganz anderes unterhalten würde. Horst hat es gleich begriffen. Ob ich denn froh sei, pensioniert zu sein, fragte er mich ganz unvermittelt. „Was heißt froh? Wenn sich die Verhältnisse an den Schulen nicht so grundlegend verändert hätten", - ich sagte tatsächlich ´verändert´ statt ´verschlechtert´- „könnte ich mir durchaus vorstellen, noch gerne zu unterrichten." Ich weiß, eine Antwort ohne jeden Wert, immerhin bin ich mit 65 pensioniert worden, und das ist jetzt auch schon einige Jahre her. Über Schule zu reden, hatte ich auch keine Lust, absolut nicht, und fügte schnell hinzu: „ Radfahren, Tiffany, Freunde treffen, Fotografieren, Schreiben…, ich hätte gar keine Zeit mehr dazu." Das passte wenigstens in das Klischee eines Rentnerdaseins. Und gut war´s!

Nun möchte ich dir gerne noch meine Angelika vorstellen, selbst auf die Gefahr hin, dass du sie mir dann wegnehmen möchtest. Das Risiko gehe ich aber gerne ein, denn sie sagt mir immer wieder, dass sie mich liebt. Wir haben uns vor über 50 Jahren kennengelernt, kurz darauf verlobt und ein paar Monate später geheiratet. Wir haben beide in gleichem Maße eine große Affinität zu Spielen. Völlig egal, ob Brett- oder Kartenspiele, ob Darts oder eben Minigolf. Das gemeinsame Interesse am Spielen hilft zwar nicht in erster Linie, wenn es darum geht, zwei Menschen aneinander zu binden, aber es kann doch erheblich dazu beitragen. Davon bin ich felsenfest überzeugt, zumal ich noch nie gehört oder gelesen habe, dass sich ein Paar wegen unterschiedlicher Erfolge bei „Mensch ärgere dich nicht", bei „Monopoly", beim „Skat" oder was weiß ich für Spielen hat scheiden lassen. Die Erfahrung zeigt jedoch: Ganz ausschließen kann man es nicht. Vielleicht antwortet ein scheidungswilliger Ehepartner auf die Frage des Scheidungsrichters, warum er oder sie sich denn scheiden lassen wolle, tatsächlich, im schlimmsten Falls sogar unter Tränen: „ Herr Richter, ich halte es seelisch nicht länger aus, immer wieder zu verlieren, ich vermute sogar, dass ich nicht nur beim Spielen betrogen werde".

Das ist dann aber doch eine ganz andere Geschichte.

Meine Angelika ist in Bezug auf manche Spiele ein Phänomen. Ich erinnere mich an die letzten Tage, sagen wir lieber, an die letzten Nächte ihrer und meiner ersten Schwangerschaft. Sie konnte nicht schlafen, ich selbstverständlich ebenfalls nicht, immer auf dem Sprung, mit dem parat liegenden Kleingeld zum Telefon an der Straßenecke laufen zu müssen. Es war bestimmt schon nach zwei Uhr früh. Wir hatten bereits 18 (im Wort: achtzehn) Partien „Mensch ärgere dich nicht" hinter uns, die ich a l l e verloren hatte, als es losging mit den Wehen. Endlich! Du kannst als Außenstehender nur schwer erahnen, wie sehr ich mich darüber gefreut habe. Nicht nur, weil es endlich soweit war.

Ich musste auch keine 19. Niederlage mehr hinnehmen, zumindest nicht in dieser Nacht. Meine bis dahin gehegte Vermutung, Würfeln sei Glückssache, habe ich in dieser Nacht für alle Zeiten über Bord geworfen. Neben „Mensch ärgere dich nicht" gibt es noch eine ganze Reihe von Spielen, bei denen Angelika nicht oder nur selten verliert. Dazu gehört Minigolf absolut nicht, aber sie tritt trotzdem immer wieder mal gegen mich an und zieht regelmäßig den Kürzeren. Vielleicht haben wir hundertmal miteinander oder muss man sagen, gegeneinander gespielt, und sie hat nicht ein einziges Mal gewonnen. Allerdings muss ich hinzufügen: In letzter Zeit wird es für mich deutlich enger. Während ich zunehmend, ich will es mal so ausdrücken, unglücklicher spiele, hat sie immer öfter ´den Schlag´ drauf. Irgendwann werde ich das erste Mal gegen sie verlieren. Das weiß ich heute schon und ganz ehrlich, ich werde mich dann riesig für sie freuen. Aber es muss ja nicht gleich beim nächsten Mal sein und vor allem nicht, wenn wir mit Christine und Horst spielen.

Die Verabredung

Ich habe ihn sofort an seiner Stimme erkannt. Er lebt nun schon über vierzig Jahre in Berlin, hat in einer Bank gearbeitet und trotzdem hat sich ´des Hessische´ in seiner Stimme erkennbar bewahrt. „Du, Helmut, ho´sche mo…" „Ach, du bist´s, Horst, was soll ich denn ho´sche?" „Mir zwaa," er meinte Christine und sich, „mir hawwe uns überlecht, mir könnte heut´ doch e bißche Minigolf spiele ge´e, gell?" Was ist denn jetzt los?! Ja, ich war überrascht. Sehr überrascht sogar! Nach unserem letzten Spiel vor etwa 8 Wochen meinte er noch, wir könnten doch in Zukunft auch mal Bowling spielen oder Kegeln gehen. Ja klar, aber doch nicht im Sommer. Wir sagten aber nichts dazu. Verständnis hatten wir schon für seinen Vorschlag. Wer will denn immer nur verlieren. Beide haben sich zwar immer wieder verbessert, Angelika und ich aber auch. Interessanterweise haben wir die letzten Male auch um nichts mehr gespielt. Ich habe hin und wieder sogar überlegt, ob ich in dieser Angelegenheit einmal die Initiative ergreifen sollte. Vorschlag: Der Gewinner zahlt Kaffee und Kuchen, das Eis oder was weiß ich. Um Essen haben wir übrigens seit Bad Lauterberg nie mehr gespielt. Ich habe den Vorschlag jedoch für mich behalten, denn beleidigen wollte ich die beiden schließlich auch nicht. Als ob wir nämlich vorher schon wüssten, dass wir gewinnen werden. Abgesehen davon stelle dir einmal vor, wir hätten es so vereinbart, und Angelika und mir wäre so viel misslungen, dass wir tatsächlich verloren hätten.... Eine peinliche Situation! Vielleicht wirst du jetzt freundlicherweise davon überzeugt sein, dass wir bestimmt nicht verloren hätten. Das ist sehr nett von dir; unter Verwendung eines bekannten Werbeslogans muss ich jedoch sagen: Nichts ist unmöglich! Das ging mir alles durch den Kopf, als ich erneut seine Stimme höre: „Bischde noch am Apparat?"

Fast hätte ich entsprechend meines Rentner-Grundsatzes ´ich bin Rentner und habe immer Zeit´, spontan zugesagt. „Ja, ja, ich bin noch dran. Also von mir aus gerne. Ich frag´ nur grad´ Angelika, ob sie heute noch etwas vorhat. Moment! Bleib´ dran!" Sie hatte nichts vor und so verabredeten wir uns zum Nachmittag auf einer Bahn in Lankwitz. Da wir noch nie dort waren, beschrieb er mir den Weg. Und zu meiner größten Überraschung meinte er zum Schluss, mehr beiläufig: „Mir gehe anschließend e Eis esse´, der Verlieré bezahlt, is´ des o.k?" Wie in alten Zeiten, dachte ich bei mir. „Ja klar Horst, warum denn nicht?!" Diese Frage, eigentlich war es ja mehr Zustimmung als Frage, hätte er mir zu diesem Zeitpunkt beim besten Willen nicht angemessen beantworten können. Er ist ja kein Hellseher. Und ich bin auch keiner, sonst hätte ich nämlich ganz gewiss eine Ausrede bemüht. Aber du weißt es ja selbst: Hinterher ist man immer schlauer!

Das Spiel

Minigolf wurde in den 1950er Jahren von einem Schweizer – wer hat´s erfunden? – namens Paul Bongni entwickelt. Großartige Erfindung, gratuliere und vielen Dank! Um Minigolf zu spielen, benötigt man nicht viel: einen Schläger, den man, wenn überhaupt, nur am „Netz" als Schläger verwendet und einen Ball. Angelika und ich spielen mit fünf Bällen, alle mit unterschiedlichen Eigenschaften: einem harten, einem schweren, einem toten und zwei elastischen Bällen. Damit kommen wir gut aus. Wir brauchen keine 100 Bälle, um eine befriedigende Runde zu spielen, haben allerdings auch nicht den Anspruch, mit 18 Schlägen über den Parcour zu kommen. Dann hat man, nebenbei bemerkt, doch viel weniger für sein Geld. Obwohl, freuen würde es uns schon gewaltig, einmal ´Par´zu spielen. Dabei fällt mir ein, was ich bei Tennisübertragungen immer wieder feststelle: Das Publikum klatscht ganz begeistert, wenn Asse geschlagen werden. Wenn einem Spieler gar zwei Asse hintereinander gelingen, geraten sie förmlich aus dem Häuschen. Dabei haben sie doch in der Regel nicht gerade wenig für die Karten bezahlt und wollen die Spieler spielen sehen. Das verstehe, wer will. Aus meiner Sicht müsste der Zuschauer für jedes geschlagene As einen Teilbetrag seines Eintritts sogar zurückbekommen. Dieselben Leute beschweren sich ja auch, wenn sie nur 90 Gramm Käse bekommen aber für 100 Gramm bezahlen sollen. Mit Recht, wie ich meine. Noch ein Beispiel: Was würden 80 000 Zuschauer in irgendeinem Stadion auf der Welt wohl machen, wenn der Stadionsprecher sie unmittelbar vor dem Anpfiff darüber informiert, dass heute nur ein Elfmeterschießen stattfindet? Die passende Antwort auf diese Frage hast du bestimmt selbst. Ich hoffe nur, dass die Tennismentalität niemals auf den Fußball überspringt. Aus Erfahrung wiederhole ich jedoch: Nichts ist unmöglich!

Wie immer hat das sehr viel mit der menschlichen Psyche zu tun, die auch bei unserem letzten Match mit Horst und Christine – habe ich tatsächlich 'letztes Match' gesagt? – noch eine bedeutende Rolle spielen wird. Aber der Reihe nach.

Unseren gemeinsamen Schläger, mit Saugnapf versteht sich, und die fünf Bälle haben wir immer im Kofferraum unseres Wagens. Kein 'Mini-Golf' übrigens und ab geht's nach Lankwitz. Wir kamen gut um alle Baustellen der Stadt herum. Horst und Christine waren noch nicht da, so setzten wir uns auf die Terrasse vor dem Minigolf-Häuschen und warteten. Warten ist ja für Rentner gar kein Problem. Ganz im Gegenteil. Wir haben viel Zeit und werden obendrein noch dafür bezahlt. So haben wir in diesem Falle durch Warten und Sitzen schon um die fünf Euro verdient und uns dafür ein Mineralwasser geleistet, als wir beide kommen sahen. Horst vorneweg. Er trug ein kleines schwarzes Köfferchen, sie hatte zwei Schläger in der Hand.

Ich stand schon mal auf, um sie zu begrüßen, als ich merkte, dass ein etwas dickerer Herr vom Nebentisch schneller war als ich. Er begrüßte Horst mit Handschlag. „Du, Horst, ich wusste gar nicht, dass wir heute ver... " Horst, einen Kopf größer als der Dicke, drückte ihn an sich. Mehr konnte ich deshalb nicht verstehen. Brauchte ich auch nicht. Ich ahnte sofort, was hier gespielt wird. Ich setzte mich erst mal wieder hin. Nachdenken. Christine ging auf Angelika zu, begrüßte sie, anschließend mich. Nun kam auch Horst an den Tisch, stellte das schwarze Köfferchen ab: „Tut me´ leid, awwe´ mir sin in´en Stau gera´de. Die ´Hertha´ spielt doch heut´ geche die ´Bayern´". „Hauptsache, ihr seid da." Ich war noch ganz schön in meine Gedanken verstrickt und froh, überhaupt etwas gesagt zu haben. Herta gegen Bayern, daran hatte ich gar nicht gedacht. Es gibt sehr viele Berliner, die gerne guten Fußball sehen. Und wenn die Bayern kommen, ist die Wahrscheinlichkeit etwas größer, guten Fußball zu sehen. Dann sind die Straßen, die Stadtautobahn, die S-Bahn und die U-Bahn voll. Wenn du dann auf deinem Weg noch an vier bis zehn der 22500 Baustellen im Stadtbereich vorbei musst, hast du dich schnell verspätet. (Dass man sich ´schnell verspäten´ kann, gefällt mir direkt.)

Vielleicht war Horst der Meinung, etwas gutmachen zu müssen. Er bestand jedenfalls darauf, die Karten zu besorgen. Mit unternehmungslustiger Mine zurück am Tisch, öffnete er stolz sein schwarzes Köfferchen. Bälle, Bälle und noch mehr Bälle: weiße, blaue, hellblaue, gelbe, pinkfarbene, dunkelgrüne, hellgrüne, die ganze Farbpalette. ´24 verschiedene Bälle und nur 18 Bahnen´, dachte ich bei mir. Da können wir uns ja auf etwas gefasst machen, meine Angelika und ich. Er wollte offensichtlich Eindruck machen, und wir waren beeindruckt. Aber noch nicht geschlagen. In meinem Oberstübchen liefen die Fäden wie von selbst zusammen. Horst will uns heute gemeinsam mit seiner Christine besiegen. Warum denn nicht, ist mein erster Gedanke. Wenn beide besser spielen als wir, ja, warum denn nicht? Gleichzeitig gefiel mir die List nicht, die ich hinter dieser Verabredung zu erkennen glaubte. Er, neuerdings professionell ausgestattet mit seinen 24 Bällen, hat, davon war ich überzeugt, Einzelunterricht bei dem Dicken gehabt. Heute also glaubte er, so weit zu sein, uns schlagen zu können. Ob und wie sehr die ´linke´ Christine an dieser linken Aktion beteiligt war, konnte ich zu diesem Zeitpunkt noch nicht sagen. Ihr Spiel, um es vorweg zu nehmen, hat meinen Verdacht in diesem Punkt nicht bestätigt.

Nun kam es vor allem darauf an, Ruhe zu bewahren und sich den Verdacht nicht anmerken zu lassen. „Toller Koffer!", ich wollte keine peinliche Stille aufkommen lassen, „da ist ja für jede Bahn ein Ball drin, oder?" „Hat mir mei Schätzche zum Geburtstach gebbe, un ihr derft´se aach gern mitbenutze." Ein Scheinangebot, gönnerhaft hervorgebracht! „Du, Horst, lass´ mal. Aber wir haben ja unsere eigenen Bälle mit. Ich wüsste auch gar nicht, mit welchem Ball ich dann spielen soll." Ich habe versucht, so zu sprechen, dass es nicht zu schroff klingt. Wenn er uns mit seinen Bällen und mit Hilfe seines Geheimtrainings schlagen will, dann will ich, dass er gegen uns und gegen unsere mickrigen fünf Bälle verliert, auch wenn wir kein Einzeltraining hatten. Als er daraufhin meinte: „Also, ich hab´s euch angebode, awwee wenn ihr des net wolle...", war der Kampf eröffnet. Meine bis jetzt gehegten Zweifel, ich hätte vielleicht doch alles falsch eingeschätzt, waren mit einem Schlag beseitigt. Er hatte es tatsächlich so geplant, wie ich es in meinem Innersten empfand. Nun denn: Auf in den Kampf!

Angelika und Christine hatten ihr eigenes Gesprächsthema. Trotzdem muss Christine wohl etwas von unserer Unterhaltung mitbekommen haben: „Fangen wir jetzt an oder wollt ihr euch noch länger über Bälle unterhalten?" Wollten wir nicht. Wir nahmen unsere Sieben Sachen und bewegten uns zur Anlage. Bahn 1. „Der Helmut kann widdee a`nfange, damit mer seje, wie´s gemacht werd." Er zieht sein Vorhaben gnadenlos durch. Mir blieb jetzt nichts anderes übrig, als mitzuspielen, so, als ob ich den Braten nicht längst gerochen hätte. Also, wenn ich etwas kann, dann mich dummstellen. So etwas sollte man, nebenbei bemerkt, möglichst früh lernen, weil man es auch in jungen Jahren bereits gut gebrauchen kann. Was kann man sich alles vom Hals halten, wenn man vorgibt, keine Ahnung davon zu haben. Wenn alle wissen, was du alles kannst, vielleicht sogar gut kannst, wirst du nach und nach zugeschüttet mit allem Möglichen, bis du darunter zusammenbrichst. Beherzige das bitte in deinem eigenen Interesse. Ich hoffe nur, dass es für dich dazu noch nicht zu spät ist.

Zurück zur Bahn 1. Nach mir spielt Christine, dann Horst und als letzte meine Angelika. Ich gebe es gerne zu, ich war aufgeregt. Das erste Mal, dass ich beim Minigolfen meine Nerven unter Kontrolle halten musste. Aber ich kenne dieses Gefühl aus zahlreichen Situationen meines Lebens. Als ich während meiner Gesellenprüfung ein extra zerkratztes Foto retuschieren musste, habe ich es zum ersten Mal gespürt. Ein Mitglied der Prüfungskommission hing über meiner rechten Schulter. Er hatte wohl erst kurz zuvor seine Zigarette ausgemacht und sah mir aus nächster Nähe auf die Finger. Ich habe beides mit stoischer Ruhe ertragen, seinen Geruch und sein Geglotze. Ich weiß heute noch genau, was ich über diesen Typen gedacht habe, möchte es jedoch nicht öffentlich machen, obwohl er höchstwahrscheinlich nicht mehr lebt. So krass waren meine Gedanken jetzt nicht, aber meine Strategie war dieselbe. Trotzdem ging der erste Schlag daneben. Der Ball prallte gegen das Hindernis und blieb liegen. Zweiter Abschlag. Ich visierte

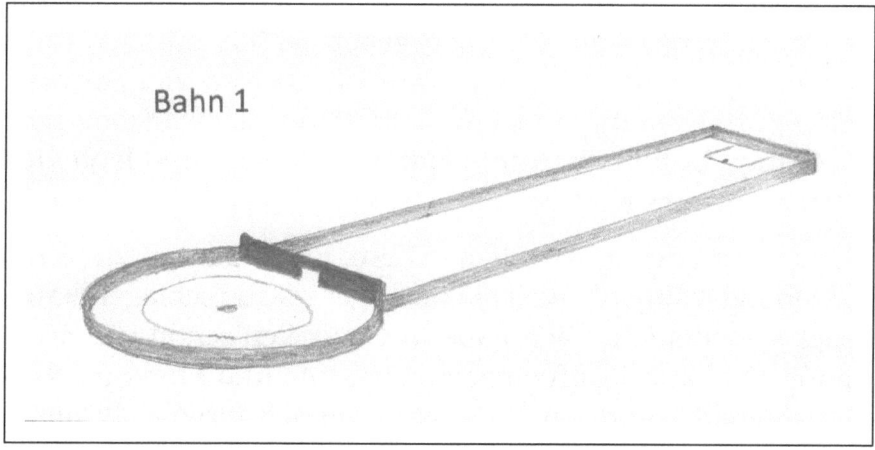

Bahn 1

zirka 40 Zentimeter vor dem liegenden Ball einen Punkt an, über den der Ball laufen soll, damit er durch die Lücke des Hindernisses läuft. Und Ruhe bewahren! Konzentration! Auf keinen Fall den Ball zu stark treffen, damit ich nicht verreiße. Ruhiger Schlag, der Ball rollte. Er rollte schön auf die Öffnung zu, kam etwas nach rechts ab und schlüpfte dann mit einer deutlichen Berührung durch. Wegen der

Berührung lief er schräg weiter und gut zehn Zentimeter am Loch vorbei. ´Wenigstens durch´, dachte ich bei mir und lochte dann mit der dritten Ballberührung ein.

Christine benötigte fünf Schläge. Horst sagte nichts dazu. Er nahm den schwarzen Ball aus seinem Köfferchen, legte ihn auf, stellte sich hin – wie er schon dastand! Ganz anders als sonst – simulierte den Schlag drei-, viermal und traf ihn genau richtig. Der Ball rollte exakt durch die Mitte und lief ohne Berührung des Hindernisses genau auf das Loch zu. Und weg war er! Da kann man nur gratulieren. Das war kein Zufall, das war gekonnt! „Ja super!" Ich war ehrlich überrascht! „Ein Superschlag!" Abgesehen davon, dass ich ja nicht zu erkennen geben wollte, dass ich mich im Kampfmodus befand, besitze ich doch so viel Fairness, eine gute Leistung anzuerkennen. Und das war eine gute Leistung. Er hob die rechte Hand zum Dank und legte den Ball zurück ins Köfferchen.

Und jetzt meine Angelika. Diese Bahn gehört zu ihren „Lieblingsbahnen", weil sie nicht geradeaus schlagen kann, sagt sie jedenfalls. Ich habe in Gedanken schon die Rechnung für Bahn 1 aufgemacht: Christine und Horst 6 Schläge, Angelika und ich 10 Schläge, als ich ihren Ball laufen sah: Genau durch die Mitte! Berührungslos durch das Hindernis und ab ins Loch! „Nein! Nicht zu fassen!", entschlüpfte mir spontan und vielleicht etwas zu laut. Wir klatschen uns ab, wie Volleyballer nach einem gelungenen Schmetterball. Jetzt stand es sogar 4 zu 6 für uns. Auch Horst hat anerkennende Worte gefunden: „Dafür, des de net grad schlaache kannschd…, Kompliment!" Ein nicht leicht einzuschätzender Satz. Hätte er Angelika dabei wenigstens angeguckt, wäre meine Einschätzung bestimmt positiver ausgefallen. So bestand ´das Kompliment´ meiner Wahrnehmung nach aus 30% Anerkennung, 40% Überraschung und zu weiteren 30% aus unübersehbarem Ärger. Gut, über die verschiedenen Anteile könnte man noch diskutieren. Aber, was soll´s, es war ein guter Anfang. Ein sehr guter sogar. Wie beim Hundertmeterlauf. Ein guter Start ist nicht alles, zugegeben, aber er setzt die Gegner gleich unter Druck. Und damit kann nicht jeder gut umgehen. Nervosität und Verkrampfung können sich einstellen, was, und das sage ich dir jetzt ganz im Vertrauen, auch hier zu wünschen wäre. Nicht, dass meine Anspannung sich jetzt aufgelöst hätte. Sie ist nach wie vor sehr hoch, aber nicht mehr mit der anfangs empfundenen Nervosität verbunden. Die hat sich jetzt mit einiger Wahrscheinlichkeit in Horst breitgemacht. Immerhin haben wir schon gut und gerne zehn Mal miteinander gespielt, und ich weiß ihn ziemlich genau einzuschätzen. Wie war das noch bei unserem vorletzten Match? Er hatte, hoffnungslos zurückliegend, nach dem fünften Fehlschlag am Hügel gemeint. „Ich glaab sis bessé, wenn ihr allaa´ weidee spiele, bei mir klappt heut´ nix". Dass er damals das Handtuch warf, besser gesagt, aufhören musste, dürfte aber vor allem an Christines Bemerkung gelegen haben, übrigens nicht ihrer ersten an diesem Tag: „Aber Horst, was spielst du denn heute zusammen? Wenn du keine Lust hast, hören wir lieber auf." Diese Bemerkung hatte ihre Auswirkung auf Horsts letzten Schlag. Er hatte sich den Ball zum letzten Schlag gar nicht erst richtig hingelegt. Als dieser, auf dem Hügel angekommen, nur ins Loch ´hineinguckte´, statt darin zu verschwinden und brav wieder zurückrollte, hat Horst die Nerven verloren. Er gestattete sich einen allerletzten Schlag, der seinem Namen alle Ehre machte und der den Ball weit über die Bahn hinaus beförderte. Zum Glück hat ihn niemand abgekriegt.

Wir hätten vermutlich nach dieser peinlichen Aktion trotzdem weitergespielt, wenn nicht der Platzwart gekommen wäre und Horst das Weiterspielen untersagt hätte. Wir haben also nicht weitergespielt und uns erst einige Wochen später auf einer anderen Bahn wiedergetroffen.

Nun aber schnell zurück zu unserem Match! Wir waren soeben an der zweiten Bahn angekommen. Wer den Ball geradeaus schlagen kann, hat, wie du siehst, hier kein Problem. Mein

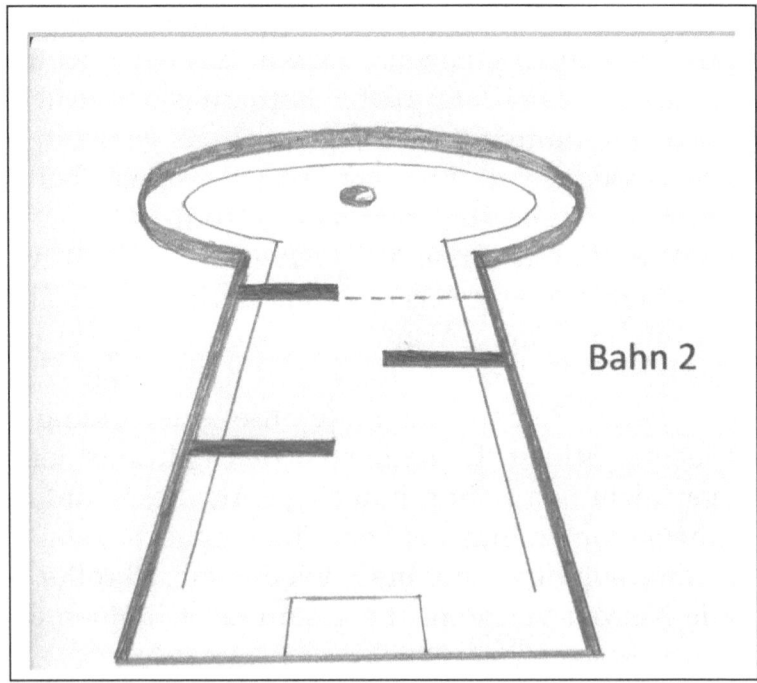

Bahn 2

erster Ball lief gut, Richtung und Geschwindigkeit waren gut. Dachte ich jedenfalls, bis er an der letzten Rippe anstieß und fast bis zur Mitte zurückkam. Die Bahn hängt also nach links. Das muss man erst einmal wissen, sehen kann man das nämlich nicht. Ich legte den Ball zum zweiten Abschlag also etwas nach rechts versetzt ins Abschlagfeld. Zweiter Schlag. Zuviel des Guten. Er streifte die mittlere Rippe und lief in den toten Winkel vor der dritten Rippe. Was Horst in diesem Moment zu Christine sagte, habe ich nicht verstanden. Ich hörte nur das Wort ´Punkte´ heraus und schaltete mein Nervenkostüm ab, indem ich mir sagte: ´Die anderen müssen auch erst mal hier durch, und jetzt machst du ihn rein´. Ich war die Ruhe selbst, legte den Ball wieder mehr zur Mitte hin und tippte ihn etwas fester an, damit er nicht vor Schwäche nochmal nach links abdriftet. Alle drei haben bestimmt gebannt zugesehen und alle drei haben deshalb gesehen, dass der Ball wie auf Schienen auf das Loch zulief und darin verschwand. In einem solchen Moment kann man ruhig ein wenig stolz sein, auf das, was man vollbracht hat. Ich war es jedenfalls, und zwar vor allem, weil ich mir ´mental´ selbst geholfen hatte. Versteh´ mich jetzt bitte nicht falsch. Ich will diese ´Leistung´, mit dem dritten Ball eingelocht zu haben, nicht hoch hängen. Es ist lediglich die Freude darüber, wie ich mich innerlich auf den dritten Ball vorbereiten konnte. Boris Becker war es, jedenfalls für mich, der das Wort ´mental´ in mein Bewusstsein gepflanzt hat. Mit diesem Wort habe ich mir im Nachhinein vieles aus meiner beruflichen und sportlichen Vergangenheit erklärt. Sollte ich ihm einmal begegnen, werde ich es ihm sagen.

Nun habe ich bereits 6 Schläge auf meinem Konto. Christine bekam den schwarzen Ball. Horst legte ihn auf, etwas zu weit rechts, wie mir schien. Er kannte die Bahn! Ich hatte mich also nicht geirrt! Der Ball blieb an der zweiten Rippe hängen. Der nächste auch. Horst nahm einen orangefarbenen Ball aus seinem Köfferchen, legte ihn für sie auf und sagte noch etwas zu ihr. Keine Ahnung was. Ich hörte nur, dass Christine etwas genervt meinte: „Nun lass´ mich doch mal, oder willst du für mich spielen?" „Ich wollt´ doch bloß helfe, du treffscht doch dauernd die Dinger doo!" Erkennbar beleidigt überließ er Christine ihrem Schicksal auf Bahn 2. Sie hat es nicht geschafft. Ihr sechster Ball war noch der beste. Er lief zwar bis in den Kopf der Bahn, aber deutlich am Loch vorbei. Die Bemerkung: „Siehst du Horst, hättest du mich mal gleich machen lassen....", musste Horst sich wohl oder übel gefallen lassen. Seine Körperspannung verriet, dass er am liebsten etwas erwidert hätte. Aber er wusste wohl selbst, dass jetzt jedes Wort zu viel war. Ich fand es klug von ihm. Wie will auch irgendjemand im Nachhinein zu Recht behaupten wollen, dies oder jenes sei besser gewesen. Selbst naturwissenschaftliche Ergebnisse sind immer mit einem Fehler behaftet und Fußball, Tennis oder, wie in unserem Fall, Minigolf sind keine Naturwissenschaften, in denen die Experimente unter genormten Bedingungen ablaufen. Ob Horst sich darüber im Klaren war, oder ob er lediglich einen unangenehmen Wortwechsel vor Angelika und mir vermeiden wollte, ist ungewiss, aber auch egal. Niemand kann sich erdreisten zu behaupten, dies oder jenes sei besser gewesen. Es ist schlicht unangebrachte Kollegenschelte, man könnte fast von Mobbing sprechen, wenn ein Thomas Müller zum Beispiel sauer ist, weil er den Ball nicht zugespielt bekam. Er hätte ihn ´garantiert´ im Kasten versenkt, so ist seine Geste zu deuten. Wohlgemerkt: Thomas Müller ist hier nur stellvertretend für alle Fußballspieler auf dieser Welt. Sicher, es gibt auch den Begriff der Wahrscheinlichkeit, aber wie sollte ein Fußballspieler für alle Fans des Vereins deutlich machen, dass die Wahrscheinlichkeit, das Tor zu erzielen, größer gewesen wäre, wenn der Mitspieler ihm den Ball zugespielt hätte? Ich will sagen: Es ist nicht auszuschließen, dass Thomas Müller seine für alle sichtbare Geste an seinen Mannschaftskameraden genauso so verstanden wissen will. Die Wahrscheinlichkeit aber, dass er dies mit seiner Geste tatsächlich so meinte, ist jedoch ziemlich gering und außerdem absolut unnötig, denn der Fachmann auf der Tribüne hat diese höhere Wahrscheinlichkeit für ein mögliches Tor ja ohnehin längst selbst erkannt. Ibrahimovic´s Trainer, um ein weiteres Beispiel aus der Kategorie ´niemand weiß, was besser ist´ hätte, wenn es möglich gewesen wäre, seinem Superstürmer spontan geraten, den Ball lieber zu kontrollieren, um anschließend einen neuen Angriff aufzubauen. Was macht ´Ibra´ stattdessen? Er erzielt aus gut 25 Meter Entfernung von Rechtsaußen per Fallrückzieher das Tor, eins der schönsten Tore aller Zeiten. Ja, da kann man nur staunen und sagen: ´Lieber Trainer, halte dich raus, du bist schließlich kein Hellseher´.

Ob Christine tatsächlich der Meinung war, sie hätte den Ball ohne Horsts Mitarbeit früher eingelocht, darf getrost bezweifelt werden. Ich denke, ihre Bemerkung entsprang einem verständlichen Unmut über Horsts Einmischung in ihr Spiel. Ich mag das auch nicht und empfand Christines Bemerkung deshalb höchst angebracht. Zudem erhöhte sie damit die Disharmonie unserer Gegner, wohlgemerkt rein sportlich gemeint, und damit unsere Chance, das Match für uns zu entscheiden. Dagegen war von meiner Seite ganz und gar nichts einzuwenden.

Horst nahm den schwarzen Ball, als wollte er uns und vor allem seiner Christine zeigen, dass man auch mit dem schwarzen Ball auf dieser Bahn erfolgreich spielen kann. Und er konnte! Der erste Ball schaffte es über die Foullinie und blieb nach einer „Bande" wenige Zentimeter vor dem Loch liegen. Ein Beispiel dafür, dass Glück und Pech siamesische Zwillinge sind.

Dann geschah aber etwas, was garantiert eine neue Wunde in Horsts Nervenkostüm hinterließ. Ich hatte es gar nicht gesehen, Christine und Angelika aber schon. Horst hatte den so dicht vor dem Loch liegenden Ball zweimal berührt. Einmal versehentlich beim Simulieren des Schlages und dann mit Absicht. Der Ball fiel demzufolge erst mit der dritten Berührung. Ich wollte seiner Meldung zufolge schon zwei Punkte für ihn eintragen, als Christine korrigierend sagte: „Aber Horst, es waren drei, du hast den Ball zuletzt doch zweimal berührt." Angelika, die sich zunächst herausgehalten hatte, bestätigte Christines Aussage, woraufhin Horst meinte: „Des aane war abbee doch kei Schlach, des war doch bloß e Berührung geweese. Des kamme doch net zähle." „O.k.", sagte ich, dann trage ich halt eine Zwei ein." Als Christine und Angelika mir widersprachen und auf den drei Punkten für Horst bestanden, machte Horst auf dem Absatz kehrt und verschwand in Richtung Minigolf-Häuschen. Wir blieben zurück, und jeder von uns versuchte vermutlich, Horsts Gespräch mit dem Dicken zu interpretieren. Gerade sagte ich zu den beiden so etwas wie 'man muss doch nicht so kleinlich sein, es ist doch nur ein Spiel', als der Dicke offenbar bedauernd die Schultern zuckte. Horsts Kopf sank ein wenig nach vorne, der Dicke sprach weiter auf ihn ein. Vielleicht hat er ihn darauf aufmerksam gemacht, dass immerhin noch 16 Bahnen zu spielen seien, jedenfalls drehte sich Horst langsam wieder in unsere Richtung und nahm den beschwerlichen Gang 'nach Canossa' auf. „Er maant, jede Berührung dät zähle, aach wenn de Ball sich net bewecht hat. Schreib ma dann halt in Gottes Name die Drei uff."

Angelika war an der Reihe. Selbstverständlich hielt ich mich gerade jetzt aus ihrem Spiel heraus. Ich bin ja kein Horst. Ich schickte ihr lediglich den Ball zurück, viermal insgesamt. Der fünfte Schlag war optimal, und ich war sehr stolz auf meinen Schatz. Fünf Schläge sind wirklich gut für jemanden, der nicht geradeaus schlagen kann. Ich sah ihr die Erleichterung an. Abklatschen! Für alle ein Zeichen, dass es in unserer 'Mannschaft' stimmte. Nein, wir wollten damit niemanden ärgern, es war uns einfach nur ein Bedürfnis. Ich habe erst einige Bahnen später erfahren, wie bescheuert Horst unser Abklatschen fand. Aber da war es leider zu spät, genauer gesagt: viel zu spät.

Durch Horsts Extraschlag wechselten wir mit dem Zwischenergebnis von 12 : 16 auf die dritte Bahn. So kann es von mir aus ruhig weitergehen, dachte ich bei mir. Ich muss offen gestehen, dass ich Christine wegen ihres Einwandes von vorhin bewunderte. Hoffentlich, so meine Gedanken, muss sie sich zu Hause nichts anhören deswegen.

Es hätte mich schon sehr interessiert, wie er damit umge-
gangen ist. Wir haben aber nach unserem Match nie mehr
etwas von ihnen gehört.

Aber der Reihe nach! Die Bahn drei ist einfach zu spielen.
Es gibt vielleicht zwei Punkte, die man beachten muss: Die
Öffnung des Hindernisses liegt nicht in der Bahnmitte und
zweitens sollte man nicht zu fest schlagen. Der Ball könnte
sonst von der Bande im Kreis zu weit zurückrollen. Das
asymmetrisch aufgebaute Hindernis ist für meine Angelika
in der Tat ein Problem. Sie muss sich beim Abschlag deutlich mehr vorbeugen und verliert dadurch leicht die Präzi-
sion zum Schlagen. Vielleicht müsste sie für diese Bahn
einen längeren Schläger haben.

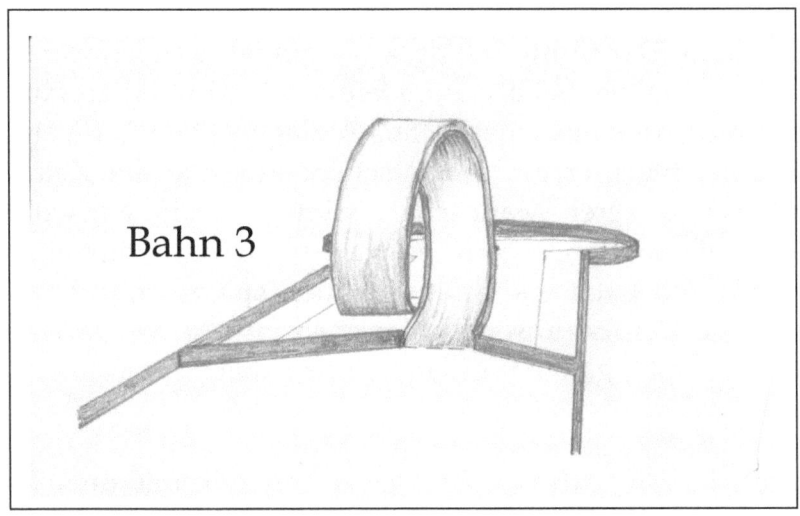

Bahn 3

Doch zuerst war ich ja an der Reihe. Dieses Hindernis hat
mir noch nie Probleme bereitet. So war es auch dieses Mal.
Mit zwei Schlägen war ich durch. Hätte ich etwas weniger
fest geschlagen, wäre der Ball nicht über das Loch hinweg

gesprungen. Zwar kam er von der Bande wieder ein gutes Stück zurück, lief dann aber knapp am Loch vorbei. Was soll´s? Mit zwei Schlägen bin ich absolut zufrieden und im Soll.

Christine ist noch ein wenig kleiner als Angelika und hat demzufolge ein mindestens genau so großes Problem beim Abschlag. Ihre ersten beiden Bälle prallten gegen die linke Seite vor dem Hindernis. Horst hielt sich raus. Der Dritte ging rechts daneben. Ihr vierter Schlag war perfekt; der Ball konnte gar nicht anders, als im Loch zu verschwinden. Es muss einen entsprechenden Blickkontakt mit Christine gegeben haben, denn Horst meinte mit leicht genervter Stimme: „Is ja schon gutt, ich han´s jo verstanne." Er nahm ihren Ball aus dem Loch und stellte sein Köfferchen ab. Christine stellte sich neben ihn und hakte sich kurz bei ihm unter. Es herrschte also wieder Frieden zwischen den beiden, wodurch unser gemeinsames Spiel wesentlich angenehmer werden konnte.

Nun war er selbst wieder am Schlag. Ich kann mich nur wiederholen: Stand, Körperhaltung, Simulation, Kopfbewegung, alles war, soweit ich es beurteilen kann, vorbildlich. Der Dicke war bestimmt zufrieden mit dem Ergebnis seiner Schulung. Ich war nämlich überzeugt, dass er uns, und vor allem Horst, aus der Entfernung genau beobachtete. Meine Vermutung bestätigte sich schneller als erwartet. Als Horsts erster Ball aus dem Loop kam, war schon abzusehen, dass er optimal läuft. Dar Ball war noch nicht im Loch verschwunden, da sah ich schon die Becker-Faust des Dicken. Er hatte ja auch allen Grund, sich über das Spiel seines Schützlings zu freuen. Wie ich Horsts Spiel aus der Vergangenheit kannte, hat es mit Sicherheit eine Menge

Arbeit gemacht, ihn so weit zu bringen. Objektiv betrachtet, kann man da nur gratulieren. Andererseits könnte es passieren, dass Angelika und ich deshalb das Match verlieren, was ich wegen der bekannten Begleitumstände ja unbedingt verhindern wollte. Um es mal ganz deutlich zu sagen: Soll Horst doch ruhig gewinnen, einzeln betrachtet. Dann beschränken wir uns ab jetzt darauf, die Punkte, die wir auf Horst verlieren, gegenüber Christine mehr als gut zu machen. Ich hoffe, du verstehst das richtig. Das hat nichts mit gemein oder unfair zu tun. Diese Strategie kannst du in allen Sportarten beobachten: Man sucht die Schwachstelle des Kontrahenten und nutzt sie, wenn er oder sie es zulässt, gnadenlos aus. Das kann die Rückhand beim Tennis, die linke Abwehrseite beim Fußball oder, wie in unserem Fall, Christine sein. Also: nichts für ungut!

Angelika nahm denselben Ball wie ich. Nach ihrem ersten Schlag schob sie ihren linken Fuß ein wenig vor. Ein gutes Mittel, um die Laufrichtung des Balles nach rechts zu verschieben. Mit Erfolg! Das Hindernis war überwunden. Dann noch ein Schlag und der Ball war versenkt. Super! Ich nahm den Ball auf, wir klatschen uns ab.

Horst wollte wissen, wie's steht. „Ihr 21, wir 17." Er war nicht unzufrieden. Wir auch nicht, obwohl unser Vorsprung wenig Sicherheit bot, wenn Horst auf diesem Niveau weiterspielen sollte. Eine gewisse Spannung war nicht zu leugnen.

Auf dem kleinen Wegstück zur vierten Bahn gelang es mir, meinen Unmut über die Hintergründe dieses Spiels vorübergehend zu unterdrücken. „Also Horst, wenn man dich so spielen sieht, könnte man direkt neidisch werden.

Das ist einfach Klasse, muss ich schon sagen." Ich war froh, endlich mal ein persönliches Wort herausgebracht zu haben. Wir kennen uns jetzt schon über ein Jahr und haben uns schon über so viele Dinge unterhalten. Christine und Angelika unterhielten sich ja auch die ganze Zeit. Ich glaube, Horst war mir für diese Bemerkung dankbar. Es sprudelte regelrecht aus ihm heraus: „Ei Helmut, ich bin selbee überrascht, wie des heut´ läuft. Ich muss dir abee verr´ode, des ich letschte´ Woch´ hier schonemoo gespielt hab´, abee viel schlechtee wie jetzt. So wie des grad´ laaft, bin ich schon sehr zufridde." Aha! Eine Trainingsrunde hat er jetzt ganz überraschend und ohne Not eingeräumt. Nach meinen Beobachtungen und meiner Einschätzung war das aber nur die Hälfte der halben Wahrheit. Und ich war nicht bereit, mich damit zufrieden zu geben. Ich bleibe im Kampfmodus. Bis auf ein einziges Mal, ich spielte damals mit Angelika, ist es endlich mal wieder eine echte Herausforderung für mich. Zu Horst sagte ich verständnisvoll: „Das kenne ich! Mal machst du ´ne 28er Runde und beim nächsten Mal siehst du aus wie ein Anfänger. Ich hoffe, du spielst weiter so gut." Das habe ich Horst wirklich gewünscht. Ganz ehrlich! Gleichzeitig habe ich mir aber selbst gewünscht, noch besser zu sein als er. Das widerspricht meines Erachtens nicht der Fairness, der ersten Grundregel in allen Sportarten.

Vermutlich war ich wegen meiner kleinen Unterhaltung mit Horst wesentlich lockerer. Ich merkte es, als ich mich zum nächsten Abschlag begab. Ich legte den Ball auf, nahm dosierten Schwung, sah dem Ball hinterher, wie er die Rampe des Vulkans hochlief, als ob er nicht schnell genug im Krater verschwinden kann und dann war er weg. Ein

Schlag und drin! Allerdings ist diese Bahn, um es mal in der Golfer-Sprache auszudrücken, eine ´Par1- Bahn´. Gefreut habe ich mich wohl, nur gutgemacht habe ich bis jetzt noch nichts. Das können die anderen nämlich auch.

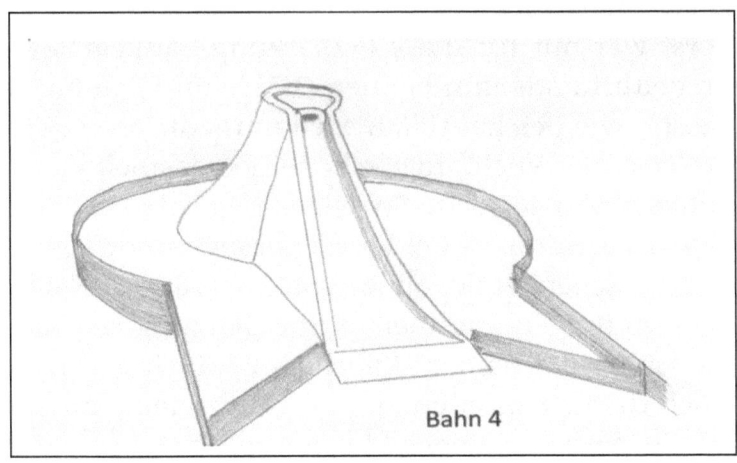

Bahn 4

Christine wollte doch tatsächlich mit meinem Ball spielen. Warum auch nicht? Der Ball wusste schließlich schon, wo er hingehört. Ich kann Christine verstehen. Horst hatte offensichtlich weniger Verständnis dafür. Er machte ein erstaunt-beleidigtes Gesicht, sagte aber nichts dazu. Das war erneut klug von ihm, denn Christine lochte ebenfalls mit dem ersten Schlag ein. Liegt es etwa tatsächlich am Ball? Vermutlich ja. Die folgenden Beobachtungen erhärteten diese Vermutung. Horst nahm demonstrativ einen Ball aus seinem Köfferchen und machte soweit auch alles richtig. Nur der Ball hatte etwas gegen das Loch. Er rollte die Rampe hoch, drehte eine Runde um den Krater! – nichts ist unmöglich – und kam wieder zurück. Horst war darüber wenig erfreut, dafür aber umso überraschter. Klar! Dass ein

Minigolfball eine derart sinnlose Runde dreht, hat Horst vermutlich noch nicht erlebt. Sein Gesicht sprach Bände! Und jetzt rief ihm Christine zu allem Überfluss auch noch: „Hättest du mal lieber Helmuts Ball genommen, dann wäre das bestimmt nicht passiert", in sein sprachloses Gesicht. Ein Satz, der nicht zu widerlegen ist, der gleichzeitig aber auch nichts beweist. Ein Satz aus der Kategorie ´Mensch ärgere dich´. Und Horst ärgerte sich. Man konnte es sehen. Mir wäre es in dieser Situation nicht anders gegangen. Ich hätte jetzt aber an seiner Stelle ´Helmuts Ball´ genommen, ihn gekonnt verschlagen und kein Wort dazu gesagt, auch nicht auf Christines voraussehbare Bemerkung: „Den hast du aber mit Absicht verschlagen, stimmt´s?" Danach hätte ich mit meinem Ball weitergespielt. Horst blieb bei seinem Ball. Ehrensache! Dann muss er ihn jetzt aber auch reinmachen. Der Ball lief schnurgerade auf den Vulkankegel zu, ´verhungerte´ aber auf halber Höhe und kam wieder zurück. Wenn Christine dazu jetzt ein einziges Wort gesagt hätte, wäre es mit dem friedlichen Spiel vorbei gewesen. Ganz gewiss. Das hat sie sich wohl selbst gedacht und blieb ruhig. Der dritte Schlag war deutlich zu fest. Der Ball flitzte die Rampe hoch und sprang elegant, wie Golfbälle das manchmal können, über den Krater und über die Caldera hinweg ins Jenseits. Mit seinem vierten Schlag hat Horst uns dann alle vier erlöst. „Warum denn net gleich so?" Seine einzigen Worte. Ich hatte kurz überlegt, ob ich ihm diese Frage beantworten soll, habe es aber dann doch gelassen. Man muss ja nicht noch Öl ins Feuer gießen.

Angelika war an der Reihe. „Dann gib mir doch auch deinen Ball", meinte sie zu mir. Ich bin überzeugt, dass sie Horst mit dieser Bemerkung nicht ärgern wollte. Horst musste sie aber   genauso aufgefasst haben, spätestens, als ihr doch tatsächlich ebenfalls ein ´hole-in-one´ damit gelang. Vielleicht hätte Horst jetzt so etwas sagen sollen wie: „Ich hab´ jetz´ faschd de Eindruck, ihr wolle mich ferdich mache." Darauf hätte man dann   nett reagieren können. Das hätte bestimmt die spürbar unangenehme Spannung zwischen uns abgebaut. Zumindest etwas. Mir fiel auch nichts Vernünftiges ein, und so erhöhte sich der Druck im Kessel. Hätte ich doch nur jetzt schon gewusst oder geahnt, was noch passieren würde. Ich hätte darauf bestanden, das Match abzubrechen und lieber irgendwo gemütlich eine Tasse Kaffee zu trinken. So wechselten wir zur nächsten Bahn, fast so wie Arbeiter, die nach der Pause wieder zur Baustelle zurückkehren. Den Zwischenstand von 19:26 für Angelika und mich wollte außer mir keiner wissen.

Bahn 5. Endlich eine Bahn ohne Hindernis. Man soll sich jedoch von der Einfachheit dieser Bahn nicht täuschen las-

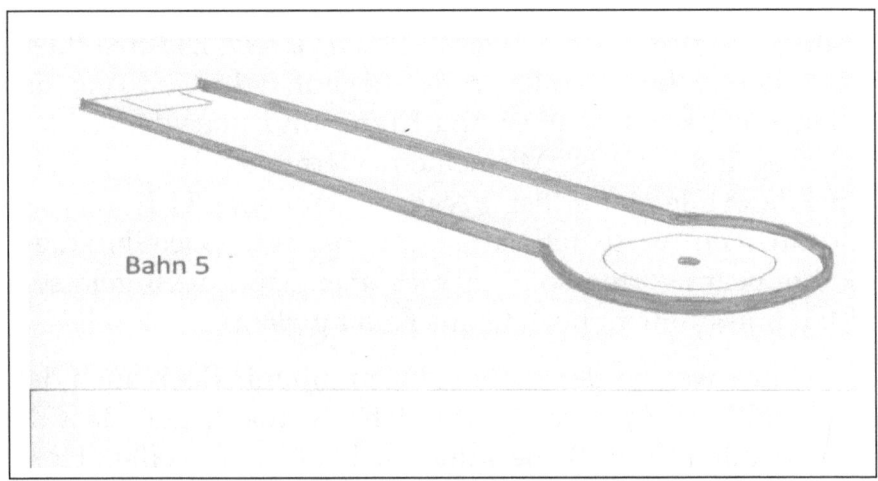

Bahn 5

sen. Es ist schwer genug, aus etwa sechs Metern Entfernung einzulochen. Es heißt zwar, diese Bahn sei, wie übrigens alle anderen auch, eine ´Par1- Bahn´. Ich kann das für mich jedoch nicht bestätigen. Meistens benötige ich zwei, manchmal sogar drei Ballberührungen.

Um den Schlag richtig anzusetzen, prüfte ich zuerst, ob die Bahn nach einer Seite hängt. Ich legte den Ball in der Mitte der Bahn auf. Er rollte ganz langsam nach links und blieb an der Bande liegen. Also werde ich den Ball etwas nach rechts gerichtet auf die Reise schicken. Gesagt, getan. Ich hätte den Ball noch etwas weiter nach rechts schlagen sollen. So lief er links am Loch vorbei, was ich eigentlich zu verhindern suchte und blieb an der Bande liegen. Ich legte ihn auf die Linie vor und lochte ein.

Christines Ball hat sich so weit nach links verirrt, dass er sogar die Bande berührte, von dieser aber optimal nach rechts abgelenkt wurde. Ja gibt es denn so etwas? Er lief auf das Loch zu, als ob er wüsste, was von ihm erwartet wird. Ein einziger Schlag auf dieser Bahn und dann noch als Vorbänder! Darauf muss man erst einmal kommen. Herzlichen Glückwunsch!

Angelika hat versucht, Christines Schlag zu kopieren. Der Ball lief auch nicht schlecht, aber nicht ´rein´. Was soll´s, zwei Schläge auf dieser Bahn sind ein sehr erfreuliches Ergebnis. Horst entschied sich für seinen schwarzen Ball. Diesmal eine gute Entscheidung. Du kennst doch bestimmt noch den uralten Werbeslogan eines weltbekannten Autoherstellers aus Wolfsburg. Der Ball auch! Er lief und lief und lief und lief... ins Ziel. Ein Klasse-Schlag! ´Mehr und mehr missfällt mir dieser Horst´, war mein Gedanke in Anlehnung an einen zentralen Satz aus dem Film ´Jakobowski und der Oberst´. Damit war Horst als Einzelspieler nämlich in Führung gegangen, im Match stand es jetzt nur noch 23 : 28 für Angelika und mich.

„Man könnte fast meinen, du hast heimlich trainiert." Diese Bemerkung musste ich endlich mal loswerden. Horst lachte nur darüber, etwas gekünstelt, wie ich meinte, aber was sollte er auch darauf erwidern? Spätestens jetzt hätte er es meiner Meinung nach zugeben können und sollen. Aber nein! Er weigerte sich, über diese Goldene Brücke zu gehen. ´Noch eine kriegst du nicht von mir´, war mein spontaner Entschluss ´und gewonnen hast du noch lange nicht!´

In regelrechter Kampfesstimmung kamen wir auf Bahn 6 und bei den Frauen an. Angelika merkte es sofort. Etwas zwischen Horst und mir war anders geworden. Sie guckte mich nur an und wusste Bescheid. Ja, so ist es halt, wenn man so lange zusammen ist wie wir beide. Da gibt es keine Geheimnisse mehr. Sie sagte nichts und fragte nicht. Sie wusste warum. Ich hätte sowieso nicht vernünftig geantwortet. Christine sah uns der Reihe nach an: „Habe ich etwas nicht mitgekriegt?" Sie sah Horst direkt an. „Helmut sacht, ich hätt´ heimlich trainiert." Ihr Blick schwenkte zu mir. „Warum sagst du denn so ´was?" „Ich habe nicht gesagt, dass er heimlich trainiert hat. Ich habe lediglich gesagt, man könne es meinen – so wie er spielt." „Das ist jetzt doch Wortklauberei! Und selbst wenn es so wäre, kann es dir doch egal sein. Oder kannst du etwa nicht verlieren?" „Was heißt hier Verlieren? Wir haben nicht mal ein Drittel gespielt und ich habe nicht vor zu verlieren, auch wenn ich garantiert nicht heimlich trainiert habe." „Da hörst du´s widdee´!" Horst zeigte mit dem Schläger in meine Richtung. „Er kann´s a´fach net lasse."

Angelika stand bis jetzt ruhig, vielleicht sprachlos dabei. Sie wollte sich das Hin und Her zwischen uns drei aber nicht länger ansehen: „Ich schlage vor, wir beenden die Diskussion und spielen weiter. Wenn ihr wollt, können wir aber auch sofort aufhören." „Ich will gar net uffhöre. Ich möchte nur, des de Helmut sich entschuldicht." Angelika sah mich eine Weile an. Ihre Augen sagten mir: ´Nun mach´ schon! Tu ihm den Gefallen! Und mir auch!´ Es stimmt, dass ich manchmal stur sein kann. Wenn sie mich mit ihren blauen Augen jedoch so ansieht wie jetzt, habe ich keine Wahl. „Ich habe nie gesagt, dass Horst heimlich trainiert hat. Ich habe lediglich gemeint, man könne es annehmen. Das war doch als Kompliment gedacht, für sein gutes Spiel. Aber gut! Wenn ich mich dafür entschuldigen soll… Bitte!" Kleine Pause. Ich musste nämlich kurz überlegen, wie ich das formuliere. Dann: „Mein lieber Horst, ich entschuldige mich, dass ich dir ein Kompliment gemacht habe, das du leider falsch verstanden hast." Ich sah Horst an, dass er mit dieser Entschuldigung nicht einverstanden war. Ich war aber nicht bereit, meine Entschuldigung anders zu formulieren. Immerhin ist das Wort gefallen, auf das es ihm so sehr ankam. Und dann machte ja auch der Ton die Musik. Ich habe diese Entschuldigung sehr verbindlich und überzeugend vorgebracht. Die Schauspielerei liegt mir halt ein wenig im Blut. Das sage ich jetzt aber nur zu dir und zwar ganz im Vertrauen. Horst konnte gar nicht anders, als sich damit zufrieden zu geben. Er nickte bloß, widerstrebend.

Auf dem Weg zur nächsten Bahn – warum spielen wir überhaupt noch weiter? – gab es kein vermittelndes Wort, von keiner Seite. Unsere Spielgemeinschaft war zerfallen in zwei gegnerische Parteien. Ganz gewiss wollten wir unsere Freundschaft nicht zu Grabe tragen, bevor es eine werden konnte, aber nun war es passiert.

Auf dem Weg zum nächsten Abschlag gingen mir viele Gedanken durch den Kopf. Wie hätte es denn beispielsweise besser laufen können? Ganz eindeutig dann, wenn Horst keine Hintergedanken bei seiner Verabredung mit uns gehabt hätte. Er hätte zum Beispiel sagen können: ´Hosche mo´, jetzt fange ich doch tatsächlich auch noch an hessisch zu denken, also er hätte sagen können: ´Mir könnte heut doch e Partie Minigolf spiele ge´e. Ich hann die Daach e bissje trainiert, damit ihr aach euern Spaß habt. Na, wie wär´s?´ So oder so ähnlich. Oder, wenn es ihm mehr ums Siegen ging, als darum, dass Angelika und ich Spaß haben, wäre mir eine sportlich kurze Kampfansage immer noch lieber gewesen, als diese hinterlistige Art. ´Du, Helmut, hosche mo. Wie wär´s denn heut´ mit Minigolf. Habt er Luschd, aach wenner verliere´? So etwas verstehe ich, und das hätte ich auch voll akzeptiert. Die Voraussetzungen wären total anders gewesen. Ich hätte gewusst, worauf wir uns einlassen und es wäre von Anfang an ein sauberer, sportlicher Wettkampf geworden. Klar hätte ich den auch gewinnen wollen, ich will immer gewinnen, aber so wie er es heute geplant hatte, habe ich weniger den Wunsch zu siegen, als den Wunsch, ihn zu schlagen, trotz und wegen seines Geheimtrainings. Ich denke doch, dass du den Unterschied in meiner Motivation verstehst.

Buchstäblich ganz in Gedanken, hatte ich inzwischen den Ball auf Bahn 6 platziert. Ich musste mich regelrecht zur Konzentration zwingen, dann diese Bahn hat ihre Tücken. Schlägst du zu fest,

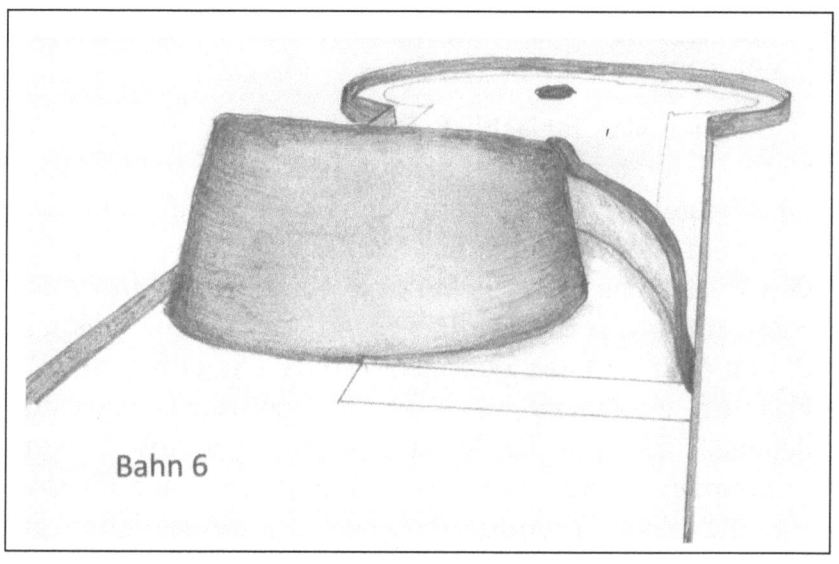

Bahn 6

kann es passieren, dass der Ball hoppelt, gegen die Brücke im Hindernis prallt und prompt zurückkommt. Wenn der Ball den Korpus trifft statt die Rampe, kann er sogar aus der Bahn fliegen. Wenn du zu vorsichtig abschlägst, schafft er es nicht die ganze Rampe hoch und kommt ebenfalls wieder zurück. Hinzu kommt, dass die Rampe weit nach rechts versetzt ist. Ein zusätzliches Problem für meine Angelika.

Ich spiele diese Bahn immer mit Vorbande. Dann läuft der Ball besser auf die Rampe zu. Das war auch jetzt mein Plan. Ein guter Plan, wie sich wenig später herausstellte. Er lief nicht direkt ins Loch, aber ich benötigte nur noch einen weiteren Schlag. Am liebsten hätte ich Horst jetzt gefragt, ob er ´geseje hat, wie ich des gemacht hab´. Im Physikunterricht lernt man den Spruch „Kraft erzeugt Gegenkraft". Analog dazu könnte man hier sagen "Gemeinheit erzeugt Gegengemeinheit". Auch diese Erkenntnis ist nicht neu. Ich konnte mich nochmal beherrschen.

Christine ließ sich tatsächlich von Horst beraten. Beide zogen also ab jetzt am selben Strang. Ist ja auch in Ordnung, immerhin gehören sie zusammen. Er legte ihr einen Ball aus seinem Köfferchen hin. „Denne muschd de e bissje feschdee schlache." Das beherzigte sie und schwupp, war der Ball links von der Rampe gegen den Korpus geknallt und weit aus der Bahn geflogen. „Abba Tine, doch net soo feschd, un e klaanes bissje weidee no rechts muschde schlaache." Es gibt Leute, die sagen, Minigolf sei ein Psycho-Spiel, gerade dann, wenn man in einer Gruppe spielt, die nicht „Freude am Spiel" auf seine Fahne geschrieben hat, wie es bei uns ab jetzt der Fall war. Alle Augenpaare begleiten dich bei deinem Spiel. Alle sehen, wenn du daneben schlägst, dich ungeschickt anstellst, Nerven zeigst, und das Schlimmste ist: Du erlebst es selbst, körperlich und seelisch! Du machst dir was aus dem, was du ringsum wahrnimmst und achtest bald mehr auf das, was auf dich einströmt, als darauf, die Konzentration zu behalten. Und genau das ist dann das Allerschlimmste. Es wird dir nicht mehr allzu viel gelingen. Je mehr du nun glaubst, dich zu blamieren, umso unsicherer wird dein Spiel. Unqualifizierte Kommentare können dir dann den möglicherweise noch vorhandenen Rest an Spiellaune und Konzentration rauben. Soweit war es bei uns noch nicht.

Bei uns herrschte nur weitgehend Sendepause. Das war aber auch nicht angenehm, mehr noch: Es war bedrückend. Wir hätten spätestens jetzt aufhören sollen.

Christines zweiter, dritter und vierter Versuch scheiterten an derselben Stelle wie der erste, obwohl sie jetzt schon deutlich vorsichtiger schlug. Beim fünften Schlag schaffte es der Ball auf die Rampe, war aber etwas zu schwach und kam zurück. Angelika und ich hatten kein ermunterndes Wort für sie. Wir sahen nur zu, wie sie sich vergeblich ab-mühte. Schade! zugegeben! Aber immerhin ist es ja in ers-ter Linie auch Horsts Sache, wenn es darum geht, sie zu unterstützen. Doch nicht unsere, erst recht nicht in der au-genblicklichen Situation. Aber Horst hielt sich auch raus. Als auch der sechste Schlag daneben ging, notierte ich die fälligen sieben Punkte auf Christines Karte. Vielmehr: Ich wollte Christines Punkte notieren, wurde jedoch durch Horsts Zuruf davon abgehalten. „Kenne ihr jetzt ach nimmee zähle?" Er stemmte beide Fäuste in die Seite und beugte sich drohend vor. „Sie hat doch erscht fünf Schläch!" Er wandte sich an Christine, an wen denn sonst: „Stimmt doch, des de noch e Schlach haschd, nu sach mo ebbes!" Christine tat mir leid, wie sie jetzt dastand und nicht wusste, was sie sagen soll. „Ich kann´s nicht sagen. Ich habe auch gar nicht mitgezählt." „Abee klar, aane Schlach haschde noch. Die zwaa habbe net richtich mitge-zählt." Wir hielten uns raus. Soll sie doch von mir aus noch einen Schlag machen. Für sie hoffe ich sogar, dass sie ein-locht; für Horst hoffe ich, dass sie daneben schlägt. Je wei-ter, desto lieber.

Und sie schlug daneben. Unmittelbar danach fällte sie eine Entscheidung für sich: „Ich höre auf! Bei mir wird das jetzt nichts mehr, und ich hab´ auch keine Lust mehr, nicht die geringste!" Horst stand wie angewurzelt da. Damit war für ihn das Match verloren, das er so gerne gewinnen wollte. Kein schöner Moment für ihn, trotzdem empfand ich keinen Triumpf. Mir war klar, dass unsere Bekanntschaft denselben tiefen Riss bekommen hatte wie unser heutiges Spiel. Christine war schon weg, als mir Angelika mitteilte, sie würde auch lieber aufhören. Wenn wir unbedingt wollen, könnten wir ja weiterspielen. „Un ob mir weideespiele, dann spiele mir ebe allaa´, de Helmut un ich." Wäre dieser Satz nicht gefallen, hätte ich auch aufgehört. Ehrlich! Vielleicht hätte ich kurz angebunden noch zu Horst gesagt: „ Ja, Horst, umsonst trainiert!", und wäre einfach gegangen. Aber jetzt hat Horst die Würfel fallen lassen. Eine Herausforderung wie bei einem Duell im Mittelalter. Man wird gefordert, und wenn man dann kneift, verliert man seine Ehre. Ich empfand es übrigens als sehr angenehm, dass unser Duell für keinen von uns beiden den möglichen Tod bedeutet. Obwohl man das nicht mit absoluter Sicherheit ausschließen kann. Über den Begriff der Wahrscheinlichkeit haben wir ja schon gesprochen. Dabei es ist ja auch sehr beruhigend zu wissen, dass die Minigolfschläger nicht in erster Linie als todbringende Waffe zu bezeichnen sind. Da war so ein Duell mit Pistolen oder Schwertern doch erheblich gefährlicher. In diese Richtung bewegten sich meine Gedanken und schufen folgenden Satz: „Klar spielen wir weiter! Horst will doch endlich mal gegen mich gewinnen." Damit war von meiner Seite die Kriegserklärung angenommen. Angelika ging in Richtung Terrasse, dort wo Christine gerade ankam. Der Dicke hatte sich erhoben und ging auf sie zu. Sie sprachen kurz miteinander und setzten sich dann an den großen Tisch, vermutlich der Stammtisch des Hauses.

„Los, Helmut, weide geht´s", holte mich in die Gegenwart zurück. Er hatte sich den Ball schon zurechtgelegt. Sein Erster verausgabte sich auf der Rampe. Er prallte ohne Raumgewinn hin und her und blieb kurz vor dem Hindernis liegen. Der zweite Schlag war auch nicht besser. Durch einen Hopser vor der Rampe verlor er vermutlich zu viel Energie. Er lief zwar gut weiter, drehte aber, aus meiner Sicht betrachtet, rechtzeitig um. So kann´s weitergehen, dachte ich bei mir. Und es ging so weiter. Noch ein wenig krasser sogar. Ich konnte Horst sehr gut verstehen. Ich hätte bestimmt auch geschimpft, bestimmt nicht ganz so laut und weniger ordinär, aber geschimpft hätte ich auch. Er stand noch am Abschlag, sah, wie der Ball zügig die Rampe hoch rollte und wartete, dass er das Hindernis in Richtung Loch verlässt. Da konnte er lange warten. Der Ball lag genau auf dem höchsten Punkt der Rampe und ruhte sich aus. Ich will das Wort nicht wiederholen, das selbst seine Christine in 50 Metern Entfernung noch hören konnte.

Horst holte den Ball aus der Schnecke. Fast hätte ich erwartet, dass er sich bei dem Ball beschwert, ihn vielleicht sogar abkanzelt. Er sah sich den Ball aber nur ganz genau an und meinte: „Des gebbt's doch net! Haste denn so ebbes schonmoo geseje." Ich habe es sehr gerne als Frage an mich aufgefasst: „Nein, hab´ich nicht! Sowas kannst nur du, dazu braucht man nämlich sehr viel Training, damit der Ball genau…" „Ich hab´ dich garnet gefraacht," fiel er mir ins Wort, „ was reddsd´n da für e dummes Zeuch!" „Doch, du hast mich gefragt, ob ich so etwas schonmoo geseje hät." „Ach. Lass mich doch in Ruh mit deine Sprüch! Du waaßt doch sowieso alles bessee und musst wohl aach immer des letzte Wort hawwe. Typisch Lehrer!" Wo er Recht hat, hat er recht. Lehrer war hier wohl als Schimpfwort gedacht. Dazu jetzt noch eins, mal sehen, wie er darauf reagiert: „Also, erstens weiß ich ja nicht, ob du noch etwas sagen willst, wenn ich dir antworte, zweitens kann ich nichts dafür, wenn du nichts mehr dazu sagst und drittens darf man auch als ehemaliger Lehrer seine Meinung äußern." Er nahm es mit großartiger Gelassenheit hin. Es war fast so, als wolle er mir zeigen, dass er als der Klügere nachgibt. Das hat mich schon ein wenig geärgert. „Jetzt kommt der vierte Schlag, damit wir das nicht nochmal durcheinander bringen." Ich wollte einfach nur etwas sagen, und wenn es ihn noch ein wenig ablenkt, umso besser. Er antwortete nicht. Er war aber auch nicht konzentriert. Er berührte bei seinem Schlag den Ball weniger von hinten als von oben. Er lief nicht mal 20 Zentimeter weit. Ein peinlicher Schlag. Ich habe es mir verkniffen zu fragen, ob er diese Technik bei dem Dicken gelernt habe. Vielleicht hat er tatsächlich einen Kommentar von mir erwartet, denn er sah mich mit vorgebeugtem Oberkörper leicht aggressiv an. Nein, ich hatte keinen Kommentar. Dieser Schlag machte jeden Kommentar überflüssig. Ich sah nur total gelangweilt an ihm vorbei auf die Bahn, an der möglicherweise eine Vorentscheidung in unserem Match gefallen ist. Sie hat, auch wenn Horst noch das Kunststück gelang, den Ball mit dem sechsten Schlag einzulochen. Mit einem Vorsprung von drei Punkten wechselten wir zur nächsten Bahn, ich nenne sie mal ´Blumenschale´.

Damit der Ball nicht springt, wenn er auf die kleine Rampe fällt, oder wenn er auf die ausladenden Flächen der

´Blumenschale´ gerät, wählte ich den ´toten´ Ball, den ich allerdings etwas kräftiger schlagen muss. Mein erster Schlag war noch nicht kräftig genug, der Ball schaffte es nicht bis in den Kübel. Als ich vom Ballholen zurückkam, sah ich, dass Horst telefonierte. Mein erster Blick ging in Richtung Terrasse, ob der Dicke auch am Telefon hängt. Er war gar nicht da! Was Horst sprach konnte ich auch nicht verstehen, nicht einmal kleine Wortfetzen. Ich atmete ein paarmal durch und konzentrierte mich wieder auf mein Spiel. Der Ball lief wie er laufen sollte und blieb brav in der

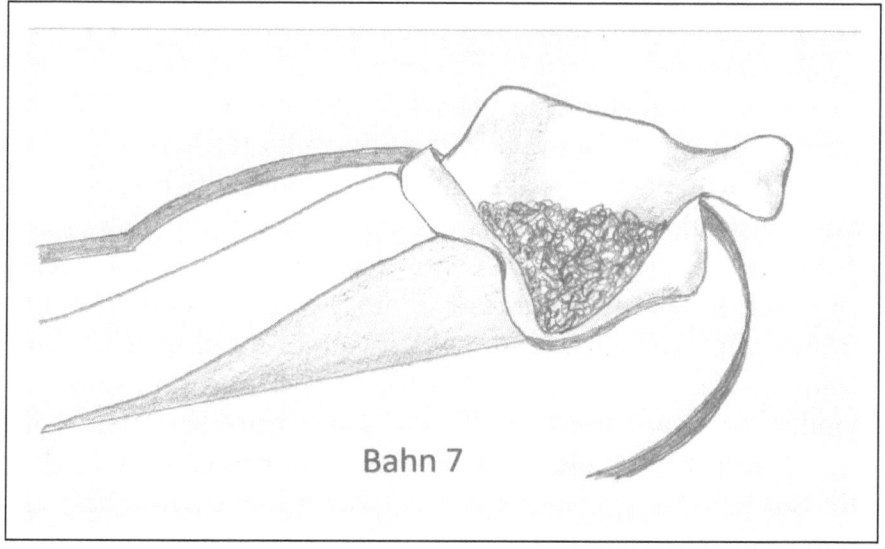

Bahn 7

Blumenschale liegen. Es war mir jetzt auch schon wieder egal, ob Horst mit seinem Trainer telefonierte oder nicht. Er hatte wohl nicht damit gerechnet, dass ich so schnell fertig sein würde, jedenfalls hatte er sein Handy noch eine ganze Weile am Ohr. Erst als ich ihm sagte, ich ginge schon mal zur nächsten Bahn, beendete er das Gespräch. Aber nicht mit ´Du ich muss jetzt Schluss machen, wir sehen uns ja bald und grüße deine Oma oder sonst wen´, nein er klappte einfach nur sein Handy zusammen, ohne das verbale Ende eines normalen Telefonats. Wenn du jetzt wissen willst, was ich darüber dachte, kann ich dir nur eines sagen: ´Haargenau dasselbe wie du´!

Er spielte den Ball aus dem Köfferchen, zu dem ihm vermutlich sein Trainer telefonisch geraten hatte. Es war ein guter Rat, so wie der Ball lief. Viel leichter als meiner und trotzdem, ohne jedes Gehoppel, bis vor den Kübel. Dann war Schluss! Er weigerte sich in die Schale zu fallen. Das war schon etwas Pech für Horst, aber was soll´s: Es war gleichzeitig mein Glück! Ich war mir bewusst, dass ich dieses Glück wohl noch einige Male brauchen werde. Horst machte mir mit seinem nächsten Schlag leider keine zusätzliche Freude. Sein in jeder Hinsicht perfekter Schlag stellte das Unentschieden auf dieser Bahn sicher. Spielstand jetzt 15 : 18, noch für mich. Das ist verdammt knapp. Vielleicht sollte ich Horst nochmal ein ´Kompliment´ machen, denn er überraschte mich mit seinem Spiel tatsächlich sehr. Wenn er dann vollends ausrastet, weil er das Kompliment wieder „richtig verstanden" hat, kann mir das auch egal sein. Immerhin spielten wir hier ein intensives Match, das die Berücksichtigung des einen oder anderen psychologischen Kniffs erfordert. Ich könnte zum Beispiel sagen: ´Horst, also seit der letzten Bahn bin ich doch davon überzeugt, dass du nicht heimlich trainiert hast. Dann hättest du doch niemals 6 Punkte gemacht´. Oder ich hätte sagen können: ´Da hast du ja jetzt von deinem Trainer den richtigen Tipp gekriegt. Es ist immer gut, wenn es jemanden gibt, der von der Sache was versteht´. Ich sagte jedoch nichts, auch wenn ich nicht einschätzen konnte, ob er sich über meine Sprüche überhaupt geärgert hätte. Ich war damit gut beraten, denn ich brauchte mir später deswegen nicht auch noch Vorwürfe zu machen.

Während wir zur nächsten Bahn wechselten, verstaute er den Ball in seinem Koffer. Ich hatte mit Aufschreiben und Rechnen zu tun. Du siehst, wir hatten gar keine Zeit, ein Wort miteinander zu wechseln. Wie zwei Marathonläufer ab Kilometer 40, die beide siegen wollen. Statt sich jetzt gegenseitig zu unterstützen, damit beide auf den letzten 2 Kilometern noch ein paar Sekunden herausholen könnten, belauern sie sich wortlos. So ähnlich, nur nicht so schnell, war es jetzt auch bei uns beiden. Es wurde sogar noch deutlich langsamer, denn Horst musste mal ´irgend wohin´. ´Warum siehst du denn hinter allem eine Verschwörung´, rief ich mich wegen meiner automatisch einsetzenden Gedanken zur Ordnung. ´Es kann doch sein, dass er mal muss´. Es kann aber auch sein, dass er sich heimlich mit seinem Trainer trifft. Ich hatte aber absolut keinen Schimmer, was der ihm würde sagen können, um sein Spiel zu verbessern. Erstens hatte ich ja auch noch nie einen Minigolftrainer und zweitens spielte Horst doch wirklich gut. Obwohl ich mich bemühte, meine Gedanken in dieser Hinsicht abzuschalten, hegte ich doch die Befürchtung, dass der Dicke ihm tatsächlich noch wertvolle Tipps geben könnte. Aber, Tipps kriegen und Tipps umsetzen sind immer noch zwei Paar Schuhe. Damit beruhigte ich mich und überlegte, ob ich mich in der Zeit seiner Abwesenheit auf der nächsten Bahn schon mal einschlagen sollte. Ich habe es sein lassen. Da gibt es für mich doch noch den Unterschied zwischen Spielpsychologie und Foulspiel, der mir dies nicht gestattete. Außerdem war ich nach wie vor davon überzeugt, dass ich ihn auch mit fairen Mitteln schlagen kann.

Horst kam zurück und mit ihm eine erneute Überraschung. Ob ich etwas dagegen hätte, wenn er als erster spielt. Ja was war denn das? Ich brauchte nicht lange darüber nachzudenken. Während ich über mögliche Psycho-Tricks nachgedacht habe, hat er mit seinem Trainer diesen Plan gefasst. Ich hätte niemals gedacht, dass ein ehemaliger Bankangestellter so plump agieren kann. Er wusste doch mittlerweile ganz genau, dass ich über seine Motivation für dieses Spiel und über seine Hinterlist im Bilde war. Und dann so etwas! Ich hätte ´ja´ sagen können, wohl wissend, dass ich dann bei einem guten Schlag seinerseits in Zugzwang gerate und, wie die beiden Strategen es wohl erhofften, nervös werden könnte. Ich hätte aber auch sagen können: „Warum denn das? Hattest du nicht gesagt, ich solle ´zueesst spiele, damit ihr seje könnt, wie ma des spielt´?" Ich habe sogar überlegt, ihn zu fragen, ob er nicht lieber seinen Trainer gegen mich spielen lassen will. Ich habe noch viel mehr gedacht und je länger ich nachdachte, desto mehr ärgerte ich mich. Aber du kennst mich ja inzwischen und hast dir schon gedacht, dass ich seinem Vorschlag zugestimmt habe. „Das können wir gerne machen, wenn ihr das so wollt. Aber erst ab der zehnten Bahn." Als ich ´Ihr´ sagte, hat er geguckt, als ob er etwas entgegnen wollte. Er blieb aber stumm und hat es hingenommen und damit aus meiner Sicht ein wenig von seinem Versteckspiel aufgegeben.

Unser Spiel auf der Bahn 8 war unspektakulär und ist schnell erzählt. Wir benötigten beide jeweils nur einen

Schlag, obwohl wir völlig unterschiedliche Bälle benutzt haben. Sein Ball lief völlig geräuschlos, meiner dagegen klapperte sich regelrecht ins Loch. Dass die Bahn so uneben ist, hatte ich nicht gesehen und war sehr froh über meinen ´hole-in-one´. Der Punktestand im Match änderte sich auf 16 : 19.

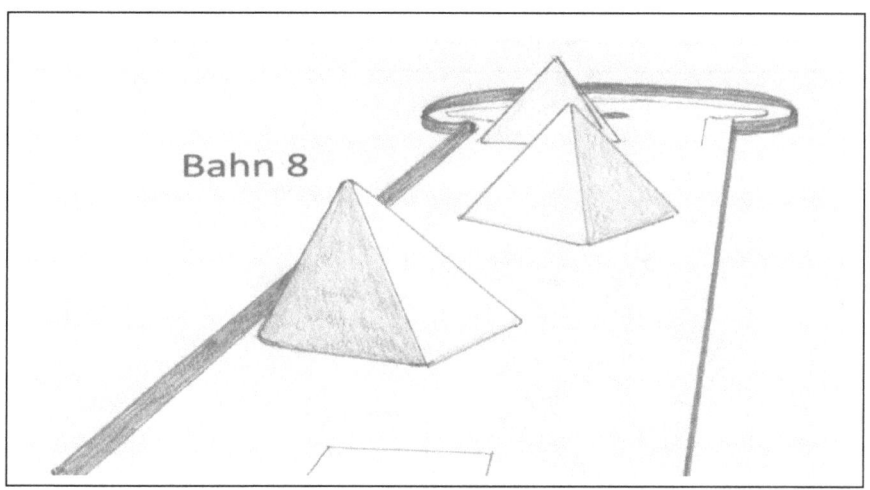

Training bringt auch in höherem Alter einen deutlichen Zugewinn an Kraft und Ausdauer. Das ist kein Geheimnis mehr. Bei Minigolf ist jedoch beides in nur geringem Maß erforderlich. Hierkommt es mehr auf Konzentrationsvermögen und Feingefühl an, was du dir so auf die Schnelle, in zwei, drei Trainingsstunden, nicht aneignen kannst. Ganz wichtig ist es auch, den richtigen Ball auf der richtigen Bahn einzusetzen. Das hatte ich ja gerade auf der Bahn davor erlebt. Bei unserer nächsten Herausforderung, dem Labyrinth, benötigst du außerdem noch Glück. Ich meine jetzt nicht das Glück, das du ohnehin als Lebensgrundlage immer brauchst, sondern Glück darüber hinaus, das Glück-Plus. Deinem Einwand, dass ein guter oder sehr guter Minigolfspieler nicht so sehr auf Glück angewiesen sei, pflichte ich unbedingt bei. Der Volksmund sagt es bereits seit hunderten von Jahren: Dem Tüchtigen hilft das Glück. Ein gut trainierter Minigolfspieler benötigt also weniger Glück als Horst oder ich. Dazu hilft ihm dann noch das ´Glück des Tüchtigen´. Da kann ja dann nichts mehr schiefgehen.

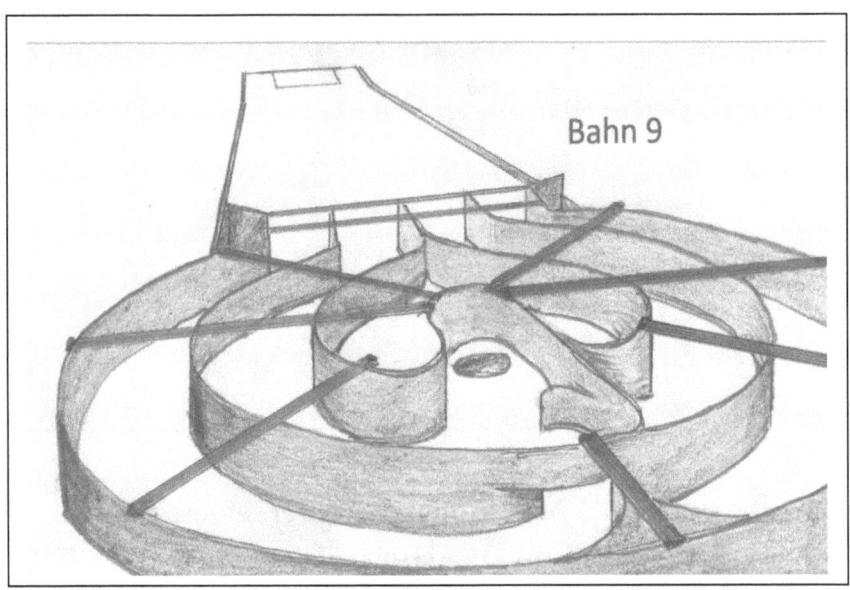

Das war bei mir ganz anders, als ich zum Abschlag auf Bahn 9 zuging. Ich bin weder tüchtig, was Minigolf angeht, noch habe ich den richtigen Ball. Ich musste, dazu habe ich gerade auf dieser Bahn zu oft zu viele Punkte und in der Tat auch Nerven gelassen, ich musste auf das zusätzliche Glück bauen. Ich legte den Ball ab und hoffte also auf ´Glück-Plus´. Es möge verhindern, dass der Ball frontal gegen eine der drei Rippen knallt. Es sollte bitte auch dafür sorgen, dass er sich möglichst rechts der Mitte auf den Weg zum Loch macht und dass er nicht wie eine Flipperkugel hin und her prallt, um sich in einem der vier Gänge zu erschöpfen. Du kannst bestimmt meinen Respekt vor dieser Bahn erkennen. Das einzig Schöne an dieser Bahn ist, dass der Ball, wenn er nicht im Loch verschwindet, wieder von selbst zurückkommt. Aber ehrlich! Darauf wollte ich gerne verzichten.

Wenn du jetzt gesehen hättest, wie mein Ball lief, hättest du bestimmt gedacht, ich sei ein Profi. Der Ball verschwand in der Mitte rechts und kam nicht mehr zurück. Nicht nur dem Tüchtigen hilft das Glück, es hilft auch dem, der noch an das Glück glaubt. Der Ball fand den richtigen Eingang und hat ohne das befürchtete Hin und Her ins Ziel gefunden. Innerlich Freudensprünge machend, blieb ich nach außen absolut cool. Entschuldige diesen Ausdruck, ich mag das Wort auch nicht, aber es drückt genau meine Absicht aus: ´So spielt ma des, hastes gese´je ?´ Ich vermied jeden Anflug von Freude über meinen glücklichen Schlag. Sollte er doch ruhig denken, ich könne wirklich so gut spielen, wie dieser Schlag es vermuten lässt. Zum Glück ist das Glück unsichtbar, sonst hätte er gesehen, wie das Glück meinen Ball nahm und mit viel Eleganz ins Loch beförderte. Ich will hier gerne die These aufstellen, dass das Glück insofern mit dem physikalischen Begriff der Kraft vieles gemeinsam hat. Selbst unsichtbar, sieht man nur die jeweilige Wirkung. Bei dieser auffälligen Analogie ist es mir ein Rätsel, warum im Physikunterricht bisher nicht darauf eingegangen wird.

Nun hatte ich meine persönliche Horrorbahn also mit einem Schlag bezwungen. Trotzdem! Ich befand mich nach wie vor und jetzt umso mehr im Kampfmodus. Da spielen alle Signale, die der Gegner empfangen kann, eine große Rolle. Für mich war es am wichtigsten, dass Horst meine Freude über den gelungenen Schlag auf keinen Fall wahrnimmt. Warum sollte ich mich, so wollte ich mein Verhalten verstanden wissen, darüber freuen, das Labyrinth mit dem ersten Schlag geschafft zu haben? Ich mache hier doch nur meinen ganz normalen Job! Nichts sonst. Der Monteur in einer Kfz-Werkstatt freut sich ja auch nicht mit Freudensprüngen und lautem Hurra-Geschrei, wenn es ihm gelungen ist, das Vorderrad anzuschrauben. Deshalb verstehe ich beispielsweise überhaupt nicht, warum sich Fußballprofis, ja meistens sogar die ganze Mannschaft so ausgelassen über ein Tor freuen. Der Torschütze rennt weiter, springt über die Reklamebande, reißt sich das Trikot vom Leib. (Gelbe Karte, nebenbei bemerkt!) Dann macht er drei Kreuze, guckt zutiefst dankbar gen Himmel, bevor ihn die Mannschaftskameraden einholen, ihn zu Boden reißen und unter sich begraben. Ein völlig absurdes Verhalten von Erwachsenen und erst recht von Profis. Erstens ist es nichts anderes als deren Aufgabe, ein Tor zu schießen, wenn möglich sogar mehrere, und zweitens zeigen sie ihrem Gegner mit ihrer überschäumenden Freude doch nichts anderes als: ´Sind wir froh, dass wir gegen euch ein Tor erzielt haben. Das hätten wir uns in unseren kühnsten Träumen nicht vorstellen können´. Diese offen gezeigte Freude ist also kein Zeichen von Stärke. Das Gegenteil ist der Fall!

Das waren jetzt sehr viele Worte, um dir zu erklären, warum ich mich nach meinem Glücksschlag nur still gefreut habe. Jetzt musste Horst nachziehen. Keine leichte Aufgabe für ihn, denn er erinnert sich bestimmt, dass mir das 'Labyrinth' bisher oft große Schwierigkeiten machte. Er legte seinen Ball auf die rechte Ecke des Abschlagfeldes. Ja, das war klug! Das mache ich beim nächsten Mal auch. Jetzt hatte ich doch tatsächlich durch Horst auch etwas von dem Dicken gelernt. Dass ich darauf nicht selbst gekommen bin… Offenbar beabsichtigte er, den Ball in denselben Eingang zu spielen wie ich.

Der Ball lief gut, stieß aber an die mittlere Rippe und kam zurück. Sein nächster Ball fand zwar den gewünschten Eingang, prallte dann ein paarmal hin und her und kam zurück. Ball Nummer drei ist ihm völlig missraten. Unsauber abgeschlagen stieß er gegen den Abweiser ganz rechts, sprang auf die andere Seite und…. Richtig! Er kam zurück. In diesem Moment ist es schon bedrückend, wenn keiner ein einziges Wort verliert. Ich schwieg mit großer Freude über meinen Punktgewinn, und er unterdrückte höchstwahrscheinlich mit großer Mühe ein unanständiges Wort. So macht Spielen keinen Spaß, weder für ihn noch für mich. Daran war aber jetzt nichts mehr zu ändern. Ich hatte das Kriegsbeil schließlich nicht ausgegraben und für ein versöhnliches Wort ist nach dem Match noch genügend Zeit. Dachte ich.

Auch der vierte Schlag war erfolglos. Normalerweise hätte ich ihn spätestens jetzt fragen können, ob er nicht lieber mit meinem Ball spielen wolle. Ich hätte auch sagen können: 'Horst, versuch's doch mal mit einem anderen Ball, du hast doch genug'. Ich habe mich, ehrlich gesagt, nicht getraut, befürchtete ich doch, dass man diese oder derartige Bemerkungen in einer solchen Situation sehr leicht völlig missverstehen kann. Und Horst erst recht! Ich erinnerte mich an seinen Ausraster vor ein paar Wochen und blieb still. Als ob er meine Gedanken empfangen hat, holte er einen anderen Ball aus seinem Koffer. Neuer Ball, neues Spiel, neues Glück. Das ist psychologisch betrachtet eine geeignete Strategie. Sie blieb jedoch ohne Erfolg. Er lieferte sieben Punkte für sein Konto und tat mir wirklich ein wenig leid, als er den Ball zurücklegte und wortlos zur nächsten Bahn ging.

Eine vergleichsweise simple Bahn diese `Wellen`, für die ich wahrscheinlich wie immer zwei Schläge benötige. Aber abwarten, vielleicht zeigt mir Horst, der wie vereinbart von jetzt an als erster spielt, wie man es richtig macht. Sein Ball lief durch die Mitte, hoppelte über das Loch und prallte von der Bande zurück und lief langsam und direkt auf das Loch zu. Drin! Ich hörte ein kurzes „Ja!" und konnte nicht anders als zu sagen: „Prima, Horst! So spielt man die Bahn also! Ich habe immer über die Seite...." „Komm, lass´ doch die Sprüch," schnitte er mir das Wort ab, „ ich waas des de´s net ernst maanst." Er verstaute seinen Ball und gab

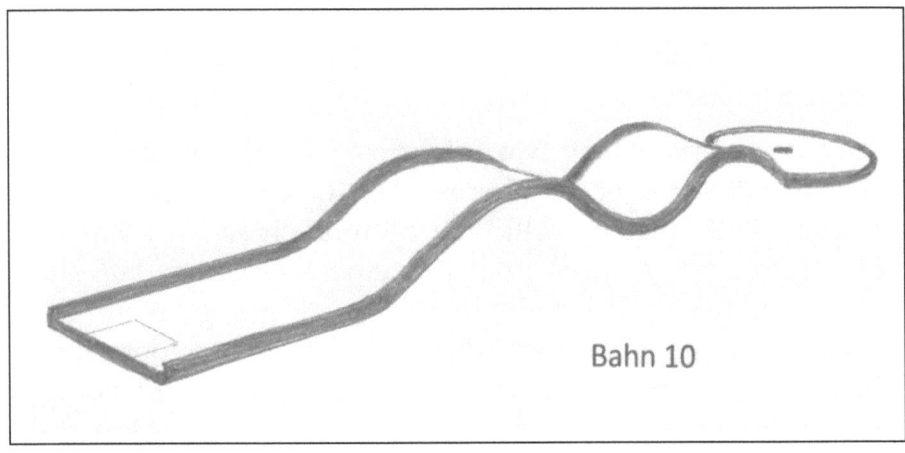

Bahn 10

mir durch seine Körperhaltung zu verstehen, dass er nichts mehr von mir hören wollte. Auch gut. Er wartete mein Spiel gar nicht erst ab,

drehte sich um und war bei meinem ersten Schlag schon an der nächsten Bahn. Ich spielte den Ball durch die Mitte, wie ich das bei Horst gesehen hatte und musste mal wieder feststellen, dass es nicht dasselbe ist, auch wenn zwei das Gleiche tun. Der Ball lief gut, keine Frage, aber er stolperte regelrecht über das Loch und sprang über die Bahnbegrenzung hinweg, statt sich an der Bande abzustoßen und zurückzulaufen. Ich hatte ohnehin mit zwei Schlägen gerechnet und war nicht unzufrieden. Vermutlich hatte ich im Geiste die beiden Punkte schon notiert, statt mich zu konzentrieren. Dazu kam, dass der Ball nicht liegenbleiben wollte und immer wieder von der Foul-Linie an die Bande rollte. Ja, du ahnst richtig! Ich habe drei Schläge gebraucht, einen mehr als nötig und zwei mehr als erhofft. Das war der Dämpfer zur rechten Zeit auf der richtigen, weil leicht zu spielenden Bahn. ´Nochmal mit einem blauen Auge davon gekommen´, ging mir auf dem Weg zur nächsten Bahn durch den Kopf, ohne zu wissen, wie Unrecht ich hatte.

Das Netz! Es gibt schönere Bahnen. Hier bringt dich jeder Fehlschlag aus dem Rhythmus. Wenn du daneben schlägst, musst du den Ball nämlich oft regelrecht suchen. Je nachdem, wie die Anlage konstruiert ist, versteckt er sich in der Ausbeulung des Fangnetzes unter dem Bahnenboden. Da kannst du eine Weile suchen, musst dazu tief in die Knie gehen (und wieder hochkommen). Beachte bitte mein Alter! Tief unten auf dem Boden hockend fühlst du ´blind´, ob du einen kleinen runden Gegenstand spürst und kannst dich freuen, wenn es keine Kastanie ist. Alles schon erlebt! Im besten Falle liegt der Ball sichtbar im Fangnetz, von mir aus auch hinter

der Bande. Dann brauchst du nur unter dem Netz durchzukriechen und hast ihn ´schon´. Im allerbesten Falle jedoch, fliegt der Ball dorthin, wo er hin soll, ins waagerecht gespannte Netz.

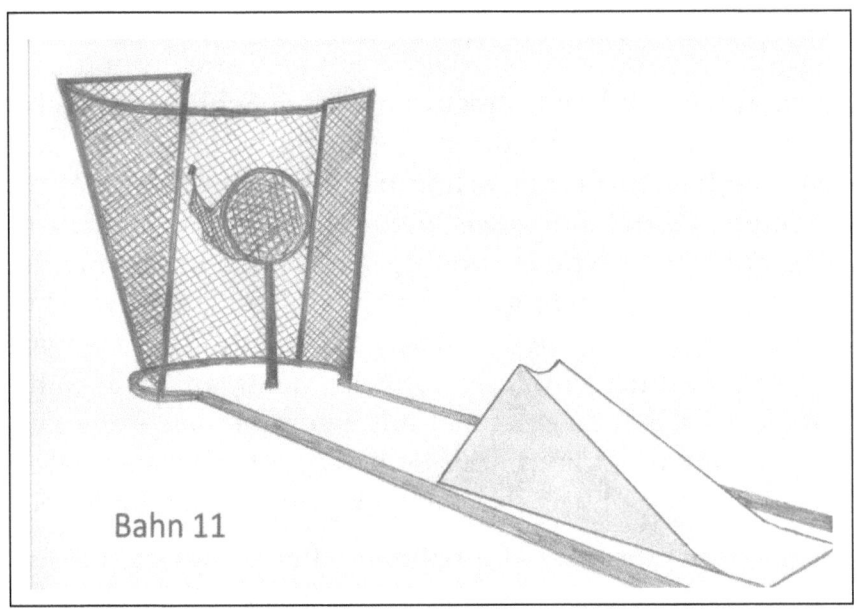

Bahn 11

Horst fing an. Ich konnte ihm den Respekt vor dieser Bahn ansehen. Und ich konnte ihn gut verstehen. Wie oft habe ich hier schon Punkte gesammelt. Es ist schon schwierig, nach jedem Fehlschlag die Konzentration wieder neu aufzubauen, vor allem dann, wenn du den Ball auch noch suchen musstest. Bist du zurück am Anschlag, musst du versuchen, dir den vorangegangenen Schlag in Erinnerung zu rufen, um es diesmal besser zu machen. Wie gesagt, das ist nicht leicht und meiner Meinung nach die eigentliche Herausforderung dieser Bahn.

Sein erster Schlag war zu schwach. Sein Versuch, fester zu schlagen, gelang. Der Ball hatte die erforderliche Höhe, flog aber am Netz vorbei. Als er vom Ballholen zurückkam, sah ich ihm eine leichte Panik an, dabei war es doch erst sein zweiter Schlag. Panik wirkt sich meist negativ aus. Er nahm sich nicht die nötige Ruhe beim Abschlag, hatte den Schlägerkopf nicht richtig hinter dem Ball oder er hat den Schläger nicht konzentriert genug bewegt. Jedenfalls war sein dritter Abschlag gar kein Schlag. Der Ball fiel vor Schwäche direkt hinter der Rampe runter.

Ich schwöre, es ernst gemeint zu haben mit meiner Bemerkung, er könne den Schlag gerne wiederholen. Weniger aus Mitleid als aus der Hoffnung heraus, die ungesunde Spannung in unserem Spiel könne sich dadurch auflösen. „Ich brauch kaa Geschenk und von dir scho´ gar net", fauchte er mich an. Kurz, laut und sehr unangenehm anzuhören. Über diesen Ausbruch war ich schon überrascht. Es war nicht nur die Lautstärke, in der er es vorbrachte, es war viel mehr die Mimik und seine Körpersprache, die mich erschreckt hat.

Durch seine lautstarke Reaktion auf mein Angebot stand Horst mit einem Schlage im Mittelpunkt des Geschehens auf der Anlage. Nicht nur Christine, Angelika und der Dicke blickten zu uns herüber. Auch die anderen Gäste unterbrachen ihr Spiel, um zu beobachten, was bei uns beiden abläuft. Während Christine sich mit dem Dicken auf den Weg zu uns machten, hatte Horst mit seinen vierten Schlag

Erfolg. Es war mehr ein Verzweiflungsschlag. Er hat einfach drauf gehauen, und es hat geklappt. Ja, so geht es auch, jedenfalls bei dieser Bahn.

Ich machte mich bereit, legte den Ball ab, konzentrierte mich auf meinen ersten Schlag und musste doch tatsächlich mit anhören, wie Horst seiner Christine und seinem Trainer gegenüber behauptete, ich würde ihn ständig ärgern und beleidigen, ´sonst hätt´ er net verschlare´. Das war nun doch nicht in Ordnung. Ganz sicher habe ich nichts dagegen, wenn er verschlägt, im Gegenteil, dass ich ihn aber provoziere, konnte ich nicht auf mir sitzen lassen. Ich ließ den Ball Ball sein und ging ein, zwei Schritte auf die drei zu: „Dass du ein merkwürdiger Kerl bist, habe ich ja schon von Anfang an gemerkt, dass du aber nur dummes Zeug redest, ist mir jetzt erst klar geworden. Also, Leute, ich höre auf." Ich zeigte mit dem Schlager auf ihn: „ Spiel du von mir aus mit deinem Trainer weiter!" Ich nahm meinen Ball von der Bahn, und als ich mich wieder aufrichtete, stand Horst direkt und drohend vor mir. „Des werschte moo ganz schnell bleibe lasse. Odder de haschd ebe verlore, wenn de jetz´ gehschd." Sein leicht irrer Blick, mit dem er mich anstarrte, war die letzte Warnung, die ich jedoch, wie alle anderen zuvor, ignorierte. Nicht aus Angst vor ihm, er ist immerhin fast einen Kopf größer und über zehn Jahre jünger als ich. Nein, jetzt wollte ich ihm den Rest geben. Er hatte es mit seiner linken Tour und seinen haltlosen Anschuldigungen nicht besser verdient. Ich habe mich wortlos umgedreht und den Ball wieder abgelegt. Ganz die Ruhe selbst, nahm ich Maß und schlug. Ich hätte platzen können vor Genugtuung, und ich wette, er hätte platzen können vor Ärger. Das Drehbuch für unser Match hätte nicht besser sein können, für mich! Ich nahm den Ball aus dem Netz, notierte unsere Schläge und ging zur nächsten Bahn. Es gab nichts mehr zu besprechen, jedenfalls nicht zwischen mir und Horst, zwischen mir und dem Dicken sowieso nicht. Ich wollte mich nur noch auf mich und mein Spiel konzentrieren. Nichts sonst. Auch wenn es mittlerweile 21 : 31 zu meinen Gunsten stand, jetzt durfte ich keinesfalls nachlassen. Ich wäre nicht der Erste, der eine sicher geglaubte Führung noch verliert. Horst sprach noch eine ganze Weile mit Christine und dem Dicken. Ich verstand nicht, was sie sich sagten. Aus Gestik und Tonfall glaubte ich, dass Christine ihn umstimmen wollte. Er solle lieber Schluss machen. Ja sie versuchte sogar, ihn mitzuziehen, zurück zum Minigolfhäuschen. Ohne Erfolg! Vielleicht wäre er auf ein entsprechendes Wort seines Trainers eher eingegangen. Der hielt sich aber aus der Entscheidung raus. Hätte ich auch nur im Geringsten geahnt, was noch passieren würde, wäre ich hin zu dem Dicken, hätte ihm die Punktelisten unter die Nase gehalten und hätte zu ihm gesagt: ´Hör´ zu Dickerchen. Selbst wenn du von Minigolf keine Ahnung hast, aber den Zahlenraum bis hundert beherrschst, dann siehst du doch, dass Horst dieses Match nicht mehr gewinnen kann. Nimm ihn raus, beruhige ihn, und rate ihm, aufzuhören, bevor Schlimmeres passiert´. Vielleicht hätte ich noch hinzugefügt, dass er aus Fairnessgründen Horsts Spiel niemals hätte mitspielen dürfen. Es wäre doch viel schöner gewesen, wenn wir alle zusammen uns vorher offen unterhalten hätten. Er hätte sich als Horsts Trainer vorstellen können, und dass er hoffe, sein Schützling würde heute gegen mich gewinnen, und so weiter... Ich habe es sein lassen. Es war nicht mehr die Zeit für solche Gespräche.

Inzwischen haben einige Gruppen ihr Spiel eingestellt und beobachteten aufmerksam, was bei uns geschah. Ich hatte es nicht selbst beobachtet, schließe es jedoch aus dem Polizeibericht. Darin haben neun Personen Angaben zum Hergang machen können. Und wie das in unserer modernen Zeit nicht verwunderlich ist, hat einer von ihnen sogar mit einem Handy-Video zur Aufklärung des Sachverhaltes beitragen können.

Aber der Reihe nach. Als Horst mit seiner „Besprechung" fertig war, kam er zur Bahn 12 nach. Ich hatte mich inzwischen schon mal dort auf eine Bank gesetzt und wartete ab. Ich versichere dir mit vollem Ernst: Hätte Horst zu mir gesagt, wir sollten doch lieber aufhören, ich wäre sofort ein-

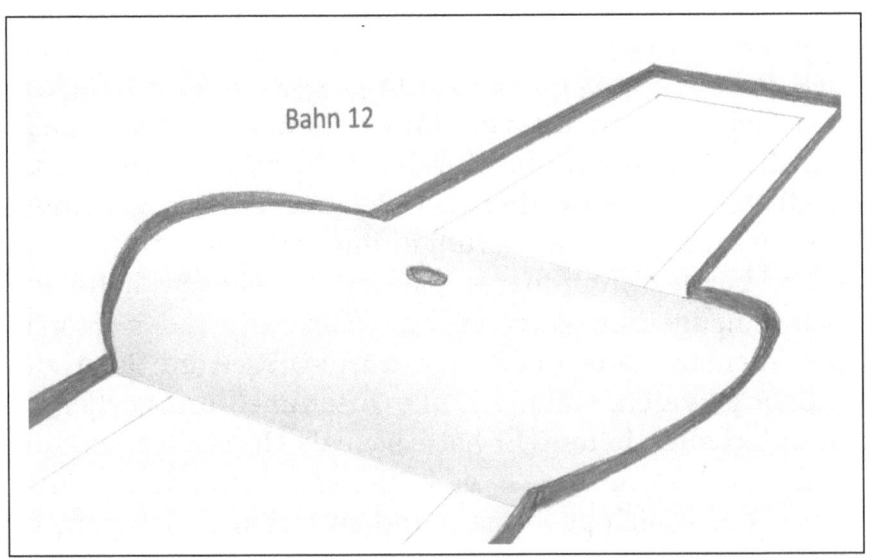

verstanden gewesen. Und das sage ich nicht in der Nachbetrachtung. Er nahm einen Ball aus seinem Köfferchen, ging zum Abschlag, hier siehst du, um welche Bahn es sich handelte, legte ihn ab und simulierte seinen Schlag fünf-, sechsmal, um ihn schließlich links am Loch vorbei zu spielen. Der Ball rollte auf der anderen Seite des Hügels runter und kam erst in einer der gegenüberliegenden Ecke zur Ruhe. Das Loch auf dem Hügel schräg anzuspielen, muss man können. Er konnte es jedenfalls nicht. Der Ball kam zurück und legte sich kurz vor der anderen Ecke zur Ruhe. Ich spiele in einer solchen Situation vorsichtiger. Ich lege mir den Ball dann lieber in geringer Entfernung zum Loch vor, um eine größere Chance zum Einlochen zu haben. Aber selbst dann habe ich nicht immer getroffen. Das war übrigens mein Plan, wenn es heute nicht auf Anhieb klappen sollte. Von dieser Strategie hatte Horst offenbar noch nichts gehört. Er versuchte immer wieder von weitem und aus den unterschiedlichsten Bahnpositionen aus, das Loch auf dem Hügel zu treffen. Sein fünfter Schlag war der vorletzte. Den Hügel zwar erreichend, drehte er kurz vor dem Loch ab und rollte in die weite Ebene zurück. Da drehte Horst durch.

Das Dessert

Der fünfte Schlag an der Hügelbahn. Da erinnerte ich mich doch plötzlich an Horsts Aussetzer vor einigen Wochen. Die gleiche Bahn, wieder der fünfte Schlag, und bevor ich Horst erreichen konnte, schlug er wie von Sinnen mit seinem Schläger auf den Hügel ein. Drei-, viermal. Dann war ich bei ihm. Ich versuchte seinen Schläger zu greifen, um ihn festzuhalten. Da drehte er sich halb zu mir um und versetzte mir mit seinem Ellenbogen einen fürchterlichen Schlag aufs Auge. Sterne über Sterne. Wenn die Schmerzen nicht so groß gewesen wären, hätte ich mich darüber begeistern können. In einer Art Fluchtbewegung drehte ich mich instinktiv weg von ihm, kam aber nicht weit. Ich spürte einen heftigen Schlag, dann blieb mir die Luft weg. Den Rest kenne ich nur aus Angelikas Schilderung und aus dem Polizeibericht: Als sechsten Schlag hatte er mir seinen Schläger in die Seite gerammt.

Als ich wieder wach wurde, lag ich auf dem großen Tisch vor dem Minigolfhäuschen. Angelika beugte sich über mich und hielt ein kaltes Päckchen auf mein linkes Auge. Von der anderen Seite näherte sich der Dicke: „Die Polizei muss jeden Moment da sein. Bleiben Sie erst mal ruhig hier liegen." Mir dämmerte langsam, was passiert sein musste. Horst hat mir mit seinem Schläger eine verpasst, ich verlor die Besinnung, dann hat man mich hier hingelegt. Um mich herum standen wenigstens 20 mir unbekannte Personen, die offenbar sehen wollten, wie es jemandem geht, der zusammengeschlagen wurde.

Es war ganz eigenartig. Wenn ich in Fernsehberichten sehe, wie die Gaffer an Unglücksorten herumstehen, die Rettungskräfte behindern und sogar andere gefährden, packt mich der Zorn. Die Gaffer hier waren mir merkwürdigerweise völlig egal, ich konnte es sowieso nicht ändern. „Du liebst doch blaue Augen, jetzt hast du auch eins, ist doch schön", meinte Angelika zu mir. Sie hat schon eine besondere Art, jemanden aufzumuntern. Ich schob das Kühlpäckchen zur Seite und wollte fühlen, was mit meinem Auge los ist. „Das lass´ mal lieber. Kannst du denn ´was sehen mit dem Auge?" Ich konnte. Wir waren beide froh darüber. Inzwischen hatte Angelika ihren kleinen Taschenspiegel zu Hand und gestattete mir einen Blick hinein. Es sah gar nicht so schlimm aus, wie ich befürchtet hatte. Hauptsache, ich konnte damit sehen, die Farbe war mir egal. Die verschwindet bald wieder. Viel unangenehmer waren die Schmerzen auf meiner rechten Seite, die sich bei jedem Atemzug sogar noch verstärkten.

Von Horts und Christine war nichts zu sehen. Am liebsten hätte ich mich wenigstens hingesetzt. Sobald ich aber den Versuch dazu machte, teilten mir die einsetzenden zusätzlichen Schmerzen mit, ich möge es lieber bleibenlassen. „Die beiden", ich wusste sofort, wen Angelika damit meinte, „sitzen drüben auf einer Bank. Sie dürfen den Platz nicht verlassen, bevor die Polizei da ist." In meinem Kopf ging einiges durcheinander. Ich schloss auch das rechte Auge und wollte nur noch Ruhe. Nichts hören, nichts sagen, nichts denken. Ein frommer Wunsch, wie man so sagt. Die Polizei war soeben eingetroffen und begann unverzüglich mit der Arbeit. Mich hat man nicht befragt. Der Beamte begrüßte mich und fragte die Umstehenden, ob denn ein Krankenwagen angefordert sei. Über das Nein auf diese Frage war er mehr ungehalten als erstaunt. Ich sagte, so laut ich konnte, ich brauchte keinen Arzt, es sei nicht so schlimm. „Das können Sie am allerwenigsten beurteilen." Widerspruch nicht gestattet. Der Dicke hat dann angerufen. Zehn Minuten später lag ich auf der Trage und war auf dem Weg ins Krankenhaus. Die Rippen haben ordentlich was abgekriegt. Es handelte sich zum Glück aber nur um eine schwere Prellung.

Von Horst und Christine haben wir nichts mehr gehört. Ich habe übrigens keine Anzeige wegen Körperverletzung gestellt. Du verstehst das hoffentlich! Die Minigolfverabredung stand doch von Anfang an unter einem ungünstigen Stern, und ich selbst habe wenigstens zweimal die Idee gehabt, das Match abzubrechen. Weil ich es nicht getan hatte, gebe ich mir eine Mitschuld an den Ereignissen und habe mir geschworen, beim nächsten Mal auf meine innere Stimme zu hören.

Wir, also Angelika und ich, gönnten uns zwei Wochen später eine schöne Tasse Kaffee, einen Latte Macchiato und für jeden von uns beiden ein Stück Streuselkuchen. Dass wir künftig neuen Bekanntschaften aus dem Weg gehen werden, will ich dir nicht versprechen. Warum auch? Aber wir werden auf keinen Fall wieder Minigolf mit ihnen spielen.

Für Christine…

Berlin, im September 2017

Liebe Christine,

mittlerweile sind über vier Wochen vergangen seit dem unschönen Zwischenfall. Ich bedaure sehr, dass es dazu gekommen ist, schließlich gebe ich mir eine Mitschuld daran, habe ich doch meine innere Stimme, die mich aufforderte, das Match zu beenden, mehrfach ignoriert.

Angelika und Du habt es richtig gemacht, aber ich konnte nicht aus meiner Haut, dazu war mein sportlicher Ehrgeiz zu sehr gefordert.

Inzwischen geht es mir wieder gut, was ich auch von Euch hoffe.

Herzliche Grüße

Helmut

Zeitfracht Medien GmbH
Ferdinand-Jühlke-Straße 7
99095 Erfurt, Deutschland
produktsicherheit@kolibri360.de